고전을 만나는 시간

고전을 만나는 시간

앨런 제이콥스 *Alan Jacobs* 지음

김성환 옮김

미래의창

일러두기

• 저자명과 도서명은 국내에 번역 출간된 도서의 표기법을 따랐다.

• 국내에 번역 출간되지 않은 도서는 원제를 우선으로 했고, 외국어 표기는 국립국 어원의 외래어 표기법을 따랐다. 다만 일부는 관용적 표기를 따랐다.

브렛 포스터*Brett Foster*(1973~2015)를 기리며
사랑의 엄청난 빛 앞에서 사소해지는 이 모든 시련들은
사랑의 불꽃을 더 높이 끌어올리기 위한
훌륭한 불쏘시개가 되어줍니다.

들어가며

나는 오랫동안 학생들을 가르치는 일을 해왔는데, 이 일의 가장 큰 장점 중 하나는 내가 수십 년 전에 내린 결정들로 다시 돌아가서 내게는 이미 오래전에 명백해진 행동들을 재차 옹호하거나 설명하도록 나 자신을 압박한다는 것이다. 학생들 중 일부는 내가 중요하게 생각하는 것들이 완전히 무가치하다고 느끼며, 내 방식대로 밀고 나갔더라면 결코 다시 고려하지 않았을 문제들을 가지고 강의실에서 토론하고 싶어 한다. 그럼에도 우리는 여전히 한자리에 모여 매주 수 시간씩 한 학기 동안 같은 강의실에서 함께 시간을 보낸다.

물론 나는 어쨌든 가르치는 입장에 있는 만큼 이 문제를 간단히 무시한 뒤, 내 일이라고 정의한 일들을 그냥 해나갈 수도 있다. 이와 관련해 나는 가끔 내 스승들 중 한 명을 떠올리곤 한다. 그는 특정한 한 강좌를 너무 오랫동안 가르쳤고, 그것도 매번 똑같은 방식으로 가르쳤기 때문에 강의를 진행하다 말고 교실 밖으로 걸어 나가더라도 왠지 자신의 목소리가 뒤에 남아 혼자 알아서 강의를 진행할 것 같다는 느낌을 종종 받는다고 했다.

이 이야기를 처음 들었을 때, 나는 어떻게 해서든 이런 끔찍한 운명만큼은 피해야겠다고 다짐했다. 그 결심 덕에 학생들이 강의에 주의를 기울이는 순간은 언제고 주의를 기울이지 않는 순간은 언제인지, 그리고 학생들이 당혹감이나 짜증, 지루함을 느끼는 순간은 언제인지 주의 깊게 알아차릴 수 있게 되었다. 이뿐만 아니라 학생들이 지금 하는 일과 읽는 책과 던지는 질문들을 대체 왜 하고 왜 읽으며 왜 던지는 건지 물을 때마다 (공개적으로든 암묵적으로든) 될 수 있는 한 충실히 답변해주려 애를 쓰게 되었다. 이것이 스승으로서의 내 소명을 쉽고 안일한 방식으로 충족하지 않게끔 나를 채찍질해주고 있다.

그 결심은 다수의 책을 집필할 수 있게 도움을 주기도 했는데, 이 책도 그중 하나다. 나는 지난 수년에 걸쳐 학생들의 질문들과 지루함을 진지하게 고려하며 배우게 된 내용들을 일반 독자들에게 전달하기 위해 노력했다. 그래서 나온 첫 번째 책이 《The Pleasures of Reading in an Age of Distraction(독서의 즐거움)》이고, 두 번째 책은 《당신이 생각만큼 생각을 잘하지 못하는 이유*How to Think*》다. 그리고 지금 이 책에서는 낯선 시대에서 왔고, 이상한 언어로 쓰였으며, 솔직히 이해도 잘 안 되는 오래된 책, 즉 '고전을 읽는 것의 가치'에 관해 이야기하고자 한다. 이 책에서 말하는 내용의 상당 부분은 비록 여기에 제시된 것처럼 명백한 방식으로는 아니지만, 내가 그동안 학생들에게 전달하려 애써온 것들이다. 아마 내 수업을 들었던 학생들 중 누군가는 이 책을 읽으면서 "그래, 이게 교수님의 관심사지"라고 생각할 것이다.

나는 학생들에게 고전을 가르치는 동안 그 고전들이 우리의 일상생활과도 연관되어 배울 점들이 많다고 생각했다. 그래서 학생들의 스승으로서가 아니라 한 명의 독자로서 다른 독자들에게 이를 알려주고자 집필을 결심했다. 이 책을 계속 읽다 보면 그것이 무엇인지 알게 될 것이다.

이 책의 집필 방식은 체계적인 것과는 거리가 멀다. 나는 모든 문학 장르들 중에서 에세이를 가장 좋아하는데, 두서없는 서술 방식이 두서없는 인간의 마음을 가장 잘 반영해준다고 생각하기 때문이다. 노벨문학상을 받은 시인 예이

츠*Yeats*가 그랬듯 나는 종종 인간의 생각과 삶 전체가 나선 계단과도 같다는 인상을 받곤 한다. 같은 지점과 같은 주제로 계속해서 다시 돌아오게 되지만, 매번 되돌아올 때마다 경험의 수준은 한층 더 높아져 있는, 그렇게 관점이 점차 높아짐에 따라 주어진 아이디어나 느낌, 지각 등은 이전과는 어딘가 다소 달라 보이게 된다. 어떤 주제에 대한 우리의 이해는 때로는 점진적인 방식으로, 때로는 혁명적인 방식으로 점점 더 풍부해지는 것이다.

이 책에서도 나는 나선을 그리며 상승하는 형태를 모방하려고 애를 썼다. 하나의 주제나 개념이 소개되고, 숙고된 뒤, 뒤로 밀려나지만, 그 주제는 이후 전개된 내용과 연관되어 더 깊이 있게 숙고될 수 있도록 나중에 다시 논의의 대상으로 부각시킨다. 따라서 특정한 이미지와 사건, 사람들은 당신이 '이 이야기는 이제 끝났다'라고 생각할 때조차 이 책 전반에 걸쳐 다시 등장한다. 내가 이런 식으로 글을 쓰는 이유는 지금껏 내가 가장 소중히 여겨온 것들 가운데 그 어떤 것도 체계적인 서술 방식과 조화를 이룬 적이 없기 때문이다. 그래서 나는 내가 좋아하는 방식으로 글을 썼다.

차례

서론

때때로 나는 젊은 사람들에게 오래된 책들을 가르치는데, 최근에는 고대 로마의 시인 호라티우스*Horace*의 《서간집*Epistles*》(편지를 모아 엮은 책)을 대학 학부생들에게 가르친 적 있다. 지난 수 세기 동안 이보다 더 많이 읽힌 작가는 아마 없을 것이다. 비록 그 독자들 중 대다수가 공을 차며 노는 것을 더 좋아할 시기에 그의 라틴어 원문을 번역하도록 강요받은 소년들이었겠지만 말이다. 농가에 들어앉아 친구에게 운문으로 된 편지를 쓰는 늙은 친구가 그들에게 무슨 즐거움을 주었겠는가.

아마 내가 가르치는 학생들도 이것보다 더 나은 일은 얼마든지 있을 거라고 생각했을 것이다. 하지만 그럼에도 우리는 《서간집》 가운데 롤리우스 막시무스에게 쓴 편지 하나를 함께 읽었다. 이 편지에서 호라티우스는 어떻게 해야

'고요한 마음'을 얻을 수 있는지 질문한다.

"고요한 마음, 누가 그걸 필요로 하지 않겠는가?"

수업이 시작될 때, 나는 종종 학생들에게 간단한 독해 문제 하나를 낸다(물론 미리 알려지는 않는다. 그렇다, 나는 그런 선생이다). 이 문제는 모든 학생들이 제시간에 강의실에 도착했는지 확인하는 매우 유용한 수단이다. 내가 강의실로 걸어 들어갈 때쯤이면 강의실은 항상 학생들로 가득 차 있는데, 내 눈에 처음으로 들어오는 것은 스마트폰의 반짝거리는 화면을 들여다보는 학생들의 모습이다. 그들은 가끔 내가 인사를 해도 나를 쳐다보지도 않는다. 그들의 이마는 주름져 있으며, 때로는 불안하거나 초조한 기색을 보이기도 한다.

문제로 시작되든, 질문으로 시작되든 간에 수업이 시작되면 학생들은 스마트폰을 의무적으로 집어넣지만, 나는 가끔 수업 도중에 가방으로 향하는 손들을 본다. 스마트폰이 책상 위에 놓여 있는 걸 보면, 스마트폰을 또 쳐다볼 수도 있으니 다른 곳으로 치워두라고 가볍게 (하지만 진지하게) 이야기하기도 한다. 수업이 끝나면 그들은 한 손으로는 가방을 싸면서 다른 한 손으로는 스마트폰을 확인하는 기술이 있다. 다시 스마트폰 화면을 향해 고개를 숙이고 이마에 주름을 드리운 채, 마치 눈먼 사람이 익숙한 거실에서 길을 더듬기라도 하듯 강의실 밖으로 걸어 나간다.

사실 나는 그들의 심정을 충분히 이해한다. 학생들이 문제를 풀고 있을 때면 딱히 할 일이 없어서 내 손도 자연히 스마트폰으로 향하곤 했다. 스마트폰을 들고 다니지 않기로 결심할 때까지 나 역시 그랬다. 내가 이런 결심을 한 이유들 가운데 하나는 학생들이 문제를 푸는 동안 느낀 초조함(자극이 없을 때 일어나는 낮은 수준의 끊임없는 불안감)이다. 그런데 그 초조함이 이제는 너무나도 당연해져 오히려 초조함이 없는 상태가 되면 일종의 당혹감을 느끼기도 한다.

몇 년 전 《월스트리트저널》의 기고가인 제이슨 게이*Jason Gay*의 트위터가 큰 인기를 끈 것도 이런 이유 때문이다. 그는 트위터에 이렇게 썼다. "이 커피숍에는 스마트폰도, 노트북도 없이 그저 커피만 마시면서 탁자 앞에 앉아 있는 한 친구가 있다. 마치 사이코패스처럼." 끊임없이 무언가를 하거나 끊임없는 사회적 교감을 통해 자신의 존재를 정당화하지 않는 사람이라고? 아마도 이를 설명할 수 있는 유일한 논리적인 설명은 그가 사이코패스일 가능성이 높다는 것이다. 그가 평정심을 가진 사람은 아닐 것이라는 전제에서 말이다.

2천여 년 전 이탈리아의 농가에 살았던 늙은 작가 호라티우스는 어떻게 해야 평정심을 얻을 수 있는지에 대해 많은 생각을 했다. 그래서 앞서 언급했듯 그는 자신의 친구인 롤리우스 막시무스에게 "무엇이 고요함과 초연함을 가능하게 하는가?"라고 혼잣말하듯 물었다. 대체 호라티우스는 무엇에 대해 초연해질 필요가 있었던 것일까?

그의 아버지는 노예 생활을 하면서 삶의 일부를 보냈지만(노예로 태어난 것으로 추정된다), 이후 돈으로 자유를 샀고, 아들인 호라티우스(기원전 65년에 출생)에게 최상의 교육을 제공할 수 있을 정도로 출세했다. 아버지 덕분에 그는 한때 플라톤이 세운 아테네 학당을 다니기도 했다. 그 후 호라티우스는 군인(그의 말에 의하면 아주 안 좋은 군인) 겸 정치가로 활동했는데, 불행하게도 훗날 카이사르의 후계자로 고대 로마의 초대 황제 아우구스투스가 된 옥타비아누스를 반대하는 정치 운동에 가담하면서 전 재산을 몰수당한 뒤 빈곤층으로 전락하고 만다. 그가 시를 쓰기 시작한 건 이때부터다. 그런데 아이러니하게도 그의 시는 당시 세도가이자 옥타비아누스의 지지자였던 마에케나스의 관심을 끌었고,

마에케나스는 호라티우스의 후원자가 되어 그에게 교외 지역이었던 사빈에 농장 한 채를 마련해주었다.

그가 농가에 앉아 무엇이 마음의 평정을 이루게 하는지 숙고하게 된 건 이런 그의 삶 때문이다. 그는 내전 직전의 기간 동안 로마의 정치인들을 속박하는 복잡다단한 위험 들로부터 거리를 두고, 평화로운 교외 지역에 살았다. 하지만 그의 마음은 자신이 도망쳐 나온 그 미친 세상을 향해 끊임없이 이끌려 들어갔다. 결국 모든 길은 로마로 통하기 때문이다. 로마는 온갖 종류의 사건들이 벌어지는 현장이었다. 축제로 시작되었다가 정치적 논쟁으로 얼룩지는 저녁 식사 자리, 음모 모의를 은폐하는 수단으로 활용되는 음주 파티, 은밀한 속삭임으로 이어지는 거리에서의 우연한 만남 등 이 모든 일이 로마에서 벌어지고 있었다. 로마는 항상 위험한 장소였지만, 동시에 다른 사람들과 언제나 연결된 상태를 유지할 수 있는 장소이기도 했다. 시골구석에서는 아무 일도 일어나지 않았고, 오직 마음만 요동칠 뿐이었다.

호라티우스는 이런 것들에 대해 생각하고, 생각하고, 또 생각하면서 먼 곳에 있는 친구들에게 시 형식으로 된 편지들을 써 내려갔다. 그리고 지금 우리는 그는 상상도 하지 못했을, 미국 텍사스 중부의 에어컨이 설치된 시원한 강의실에서 호라티우스와 당시 로마에게는 낯선 이방인인 15명의 학생이 그의 시를 앞에 놓고 앉아서 그가 알아내고자 했던 것이 지금의 우리가 알아내고자 하는 것과 같다는 사실을 깨달았다. 우리는 고요한 마음을 원하고 있었다. 과도한 사회적 연결에서 비롯된 아드레날린 중독에서 벗어나길 희망하고 있었다.

호라티우스가 롤리우스 막시무스에게 조언할 때, 그는 동시에 자기 자신에게도 조언을 건네고 있었던 것이다. 사실 그의 시는 친구보다는 자신을 위한 것이었다. 그는 친구에게 "현자의 저술들을 읽어보라"며 다음과 같이 충고했다.

어떻게 해야 자네의 삶을 평화롭고 고요하게
헤쳐나갈 수 있는지 알려달라고 그들에게 물어보시게
항상 가난에 시달리는 느낌을 불러일으키면서
하루 종일 자네를 괴롭히고 학대하는 것,
그것은 탐욕인가? 아니면 마음속에서 불안하게 교차하는
사소한 것들에 관한 희망과 두려움인가?
덕은 어디에서 오는가, 책에서인가?
아니면 덕은 배울 수 없는 자연의 선물인가?

자기 자신과 친구가 될 수 있는 방법은 무엇인가?

무엇이 고요함과 초연함을 가능하게 하는가?

호라티우스는 자기 자신과 현재의 우리에게도 '현자(아마도 그가 아테네 학당에 있을 때 공부한 그런 부류의 사상가들)의 저술들을 읽어보라'고 한다. 왜냐하면 그들이 진짜 현명하기 때문이다. 하지만 여기에는 다른 이유도 있는데, 그건 그들이 우리와 생활양식 자체가 다른 완전히 낯선 사람들이기 때문이다. 그들은 우리를 일상의 끝없는 순환으로부터, 돈과 사소한 것들에 관한 강박적 집착으로부터 끄집어내 준다. 그 집착은 우리를 괴롭히고, 학대하며, 불안하게 교차하는 희망과 두려움을 느끼게 하며, 생각에서 생각으로, 감정에서 감정으로 뛰어다니도록 우리 자신을 내모는 그런 집착이다. 그토록 오래전에 살았던 사람들도 이런 유형의 불안감에 시달렸다는 사실을 이해하는 건, 비록 오늘날 우리가 느끼는 불안의 강도가 훨씬 심하다 하더라도 큰 도움이 된다.

구성원 모두가 자신의 관점에 따라 자신만의 정체성을 구축하도록 요구받는 현재의 개인주의 사회에서는 사회학자 노르베르트 엘리아스Norbert Elias가 '통찰을 향한 압력

pressure for foresight'이라고 말한 일종의 강박증에 사로잡히기 쉽다. 사람들은 모두 미래를 내다봐야(계획해야) 한다는 강박관념에 시달리지만, 미래는 미래인 만큼 내다보는 것 자체가 불가능하다. 심리치료사들이 젊은이들에게 스트레스와 불안을 일으키는 가장 큰 원인으로 눈앞에 놓인 선택의 다양성을 꼽은 것도 바로 이런 사정 때문이다. 그들에 의하면 지나친 선택의 자유는 젊은이들에게 '그릇된 선택을 내린다면 그 실수를 돌이킬 수 없게 될 것'이란 불안감을 불러일으킨다고 한다. 내 오랜 경험 역시 이 해석을 뒷받침해준다.

호라티우스는 롤리우스 막시무스와 자기 자신과 우리들에게 그런 강박관념에서 진정으로 중요한 것, 즉 '덕은 어디에서 오는가?'와 같은 문제들로 관심의 초점을 옮기라고 충고한다. 이런 질문들에 대한 답을 찾지 못하고, 탐색만 한다고 하더라도 그 순간 일상적인 불안의 그림자에서 벗어날 수 있다고 한다. 우리는 '항상 연결되어 있어야 한다'는 생각이 필연적으로 가져오는 스트레스를 저항하거나 회피하려고 하는데, 이는 사람들이 서로 너무 연결되어 있으면 자신보다 더 나은 선택을 한 다른 사람과 자신을 끊임없이 비교하도록 내몰리기 때문이다.

호라티우스가 남긴 작품들을 보면 그는 천성적으로 유쾌한 사람이었다. 단순하고 고요한 사색의 삶을 사는 건 (그에게 이는 마치 사이코패스같다) 그의 성미에는 맞지 않는 일이었다. 하지만 그는 정치적으로 시끄러운 로마에서의 삶이 자신에게 훨씬 더 위험하다는 사실 또한 잘 알고 있었다. 감옥에 수감되거나 반역죄로 죽임을 당할 위험을 느끼지 않을 때조차 그는 크고 작은 불안감에 시달리곤 했다. 그래서 그는 사빈에 있는 농장을 자신의 안식처로 받아들이기로 했다. 그곳에서 그는 나무 그늘이 드리워진 개울가를 산책할 수 있었고, 그 지역에서 생산된 신선한 와인을 즐길 수 있었다. 그는 집으로 돌아와 친구들에게 길고 복잡한 편지를 쓸 수도 있었고, 현자의 저술들을 탐색할 수도 있었다. 오래된 책, 즉 고전을 읽음으로써 그 속에서 만나는 현자들은 유배 생활을 하는 것이나 다름없는 그에게 동료가 되어주었다. 레슬리 하틀리*L. P. Hartley*가 소설《The Go-Between(중매자)》의 도입부에서 말했듯이 '과거는 낯선 나라고, 그들은 그곳에서 다른 삶을 누리기 때문'이다. 이는 물론 그들이 누리는 삶이 항상 옳다는 말은 아니다. 하지만 과거에 대한 인식은 언제나 현재 우리의 이해를 자극해주며, 때로는 우리를 해방시켜주기도 한다.

우리는 텍사스의 한 강의실에 앉아 이 문제에 대해 숙고했고, 호라티우스는 먼 과거의 먼 곳으로부터 우리에게 손을 내밀어 우리 스스로 그곳으로 손을 뻗어야 한다고 말해주었다. 그는 우리와 같지 않지만, 그럼에도 우리에게 건전하고 유익한 말들을 전해주었다. 그런데 그가 우리와 같지 않다는 사실(그가 현재와 완전히 다른 세상에 속한다는 사실)은 어떤 이유에서인지 그의 말들을 받아들이기 더 쉽게 만들어주었다.

학생들과 나는 우리가 겪는 일상적 사건들에 대해서도 깊이 있는 대화를 나누었는데, 이런 사건들은 그 자체로 생각할 가치가 충분한 문제들이었다. 하지만 과거는 이보다 더 광범위한 중요성을 지닌 문제들로 우리를 자극하면서 우리에게 뜻밖의 가르침을 전해주기도 한다.

2016년, 인도의 소설가 아미타브 고시*Amitav Ghosh*는《대혼란의 시대: 기후 위기는 문화의 위기이자 상상력의 위기다*The Great Derangement: Climate Change and the Unthinkable*》라는 책을 출간했다. 이 책의 주된 논점들 가운데 하나는 현대 소설이 기후 변화와 관련된 내용을 상대적으로 소홀하게 취급한다는 것이다. 고시는 현시대의 소설가들이 전 지구적으로 막대한 영향을 미칠 수 있는 현상들에 대해 어떻게 이 정도로 침묵할 수 있는 건지 이해가 안 간다고 말했다. 실제로 그가 기후 변화를 주제로 한 소설을 쓰기 시작했을 때, 그는 동료 작가들로부터 거의 아무런 도움도 받을 수 없었다. 물론 굳이 이름을 붙인다면 '기후 소설 *cli-fi*'이라고 할 수 있는 작은 하위 장르가 존재하기는 한다. 하지만 이런 소설들은 디스토피아 *dystopia*(유토피아의 반대말로, 부정적인 측면을 극대화한 어두운 미래)적인 미래에만 거의 전적으로 의존하는 경향이 있다. 그렇다면 현재 우리가 겪는 경험들을 우리는 어떻게 받아들여야 할까?

고시는 스스로 이 질문을 던졌을 때 떠오른 생각을 저널리스트인 웬 스티븐슨에게 다음과 같이 말했다. "《대혼란의 시대》 집필을 마치고 난 후, 우리가 오늘날 당면한 문제들에 대한 반응을 알아내기 위해 20세기 말의 문학 작품들을 뒤적이는 건 쓸데없는 짓이라는 느낌을 받게 되었습니다. 요즘 소설들은 정말 아무런 자료도 제공해주지 못해요. 그 책들은 너무 개인과 정체성에만 초점을 맞추기 때문에 우리에게 이런 문제들을 바라보는 그 어떤 시각도 제공해주지 못합니다." 그렇다면 자신의 작품을 통해 그런 거대한 힘에 대처하는 일종의 사례나 모범을 제시하길 바라는 작가라면 이런 상황에서 무엇을 해야 할까? 그는 이렇게 말했다. "저는 현대 이전으로 돌아가 그 당시의 작품들을 읽어야겠다고 결심했습니다. 중세 시대의 벵골 문학을 접할 수 있었던 건 제게는 큰 행운이었습니다." 그가 자기 문화권의 오래된 이야기들을 읽기 시작했을 때, 그는 깜짝 놀랐다. "그 이야기들을 읽기 시작했는데, 그들이 자신들 주변에서 일어나는 재난과 참사들을 자각하고 거기에 반응을 보이는 방식은 실로 놀라웠습니다. 비록 작품 속 이야기가 실제 일어난 사건이 아니었을지라도 그것은 현재 전 세계에서 일어나고 있습니다." 그가 인간의 상상을 초월하는 거대한 환경 변화에 대처하는 법을 배운 건, 그의 동시대인들이 아니라 선조들에게서였다.

고시는 '과거의 작품들을 읽다 보면, 현대에 들어 이와 같은 인식 작업이 문자 그대로 불가능해졌다는 사실을 배우게 된다'고 결론지었다. 이 말은 현대적 인식이 작품의 소재가 되는 경험들을 단순히 무시할 뿐만 아니라, 그 경험들을 제대로 이해할 수 없게 한다는 것을 의미한다. 하지만 다행히도 우리는 현대적 인식 이외의 다른 것에 의존할 수도 있다. 예컨대 오래된 책들을 읽으면 비용을 거의 들이지 않고도 많은 것을 배울 수 있다. 요즘 소셜 미디어상에서 벌어지는 전쟁을 바라보면서, 나는 종종 보안관의 일과 사랑을 다룬 서부영화 〈하이 눈High Noon〉에서 그레이스 켈리가 연기한 캐릭터의 대사를 떠올리곤 한다. 퀘이커교도 평화주의자인 그녀는 이렇게 말한다. "저는 누가 옳고 그른지 신경 쓰지 않아요. 이보다 더 나은 삶의 방식이 분명 있을 거예요." 이보다 더 나은 삶의 방식이 분명 있을 거라는 그녀의 느낌은 충동적인 반응을 억누르는 유익한 효과를 가져다준다. 영화가 끝나갈 무렵 그녀가 평화주의적 신념을 포기한다는 사실은 비록 역설적이긴 하지만, 그녀가 취해온 관점의 중요성을 도리어 부각해준다.

이와 마찬가지로 과거를 향해 자신을 열어젖힐 때, 우리는 마음에 안 드는 옷을 입은 젊은 여성에게 분노에 찬 트위터 메시지를 보내거나, 반감이 가는 트위터 문구를 보고 경솔하게 직원을 해고하거나, 환경 변화에 비생산적인 분노나 전적인 무관심으로 반응하는 우행을 피할 수 있게 된다. 이 순간의 충동들, 결코 고요한 마음을 가져다주지 못하는 그 충동들에 복종할 필요가 없다는 사실을 깨닫게 되는 것이다.

과거와 현재, 그 시간의 대역폭

››

연결 │ 현대인들이 과거와 소통해야 하는 이유

'공산주의자 동맹'의 이론적이고 실천적인 강령으로 삼기 위해 마르크스와 엥겔스가 쓴 《공산당선언》을 마틴 로슨*Martin Rowson*이 각색한 《만화로 보는 너무 붉어 아찔한 공산당 선언*The Communist Manifesto*》의 도입부에는 '여기 들어오는 자 모든 희망을 버려라*LASCIATE OGNE SPERANZA VOI CH' INTRATE*'라고 적힌 거대한 표지판 그림이 등장한다. 이 문구는 단테의 《신곡 – 지옥편》에 나오는 지옥문 위에 적혀 있는 것과 같은 문구다. 로슨은 그 표지판 그림을 '지금까지의 모든 역사*All History Hitherto**'라고 불리는 대형 건축물 앞에다 걸어놓았다. 이 그림은 요즘 사람들의 사고방식을

---

* '지금까지의 모든 역사'는 마르크스와 엥겔스의 《공산당선언》(1848) 1장 첫 문장인 "지금까지 모든 사회의 역사는 계급투쟁의 역사다"에서 따온 것이다.

한눈에 보여준다. '지금까지의 모든 역사'는 잘해봐야 인종주의와 성차별, 동성애 혐오, 사회적 불평등이 만연한 하수구일 뿐이고, 최악의 경우에는 흘깃 엿보는 것조차 꺼려지는 도살장에 불과하다는 것이다.

이런 추세를 감지하는 건 어려운 일이 아니다. 한 작가는 대니얼 디포*Daniel Defoe*의 《로빈슨 크루소》가 인종주의자 겸 성차별주의자의 식민지 건설 기록에 불과하다며 그 책을 읽지 말라고 말했고, 한 사서는 죽은 백인들의 저서가 도서관 공간을 너무 많이 차지한다고 한탄했다. 또한 한 건축과 교수는 노트르담 대성당 화재가 가져다준 '해방*liberation*'을 크게 기뻐했고, 한 독자는 "그런 책은 저희 집에 들여놓을 수 없어요"라며 반유대주의 색채가 짙은 고전 소설과 같은 공간에 머무는 걸 견딜 수 없어 했다.

과거는 심하게 잘못되었고, 진부하며, 사람들이 극복한 끔찍한 생각들로 가득 차 있을 뿐만 아니라 실제로 사람들을 '더럽히기까지*defiles*'한다는 생각이 점점 더 확산되고 있다. 과거의 존재 자체가 인간을 더럽힌다는 것이다. 여기서 '더럽혀진다'는 생각은 그 자체만으로도 흥미로우며, 내가 하고자 하는 이야기를 위해서도 중요하다. 나는 이 책에서 이런 생각이 상당 부분 정보 과부하*information overload*(평가할 수 있는 것보다 더 많은 정보를 받아들이고 있다는 느낌)와 사회적 가속화social acceleration(세상이 변할 뿐만 아니라 점점 더 빨리 변화하고 있다는 자각)에 대한 일반적 인식에 의해 촉발된다는 점을 보여주려 한다.

밀접하게 연관된 이런 경험들이 사람들에게 요구하는 건 눈앞의 문제 해결에만 급급한 임시방편의 '정보 트리아쥬informational triage'다. 구분하고 분류한다는 의미의 프랑스어인 트리아쥬는 간호사와 의사들이 전쟁터에서 하는 부상자 분류 작업을 말한다. 전투 중이나 전투 후에 부상당한 군인들이 들어오면, 야전 구호소에 있는 소수의 의무병들은 혹독한 시험을 치르게 된다. 의료진은 이 사람은 당장 치료를 받아야 하고, 저 사람은 잠시 기다릴 수 있으며, 저쪽의 다른 사람은 다른 장소에서 좀 더 오래 기다려야 한다는 식으로 즉각적인 판단을 내려야만 한다. 부상당한 병사들 입장에서는 이런 시스템이 위압적이고 냉혹하고 무자비하며, 심지어는 잔인하게 느껴질 수 있겠지만, 간호사와 의사들에게는 가차 없이 신속한 결정을 내리는 일이 꼭 필요하다. 목숨이 위태롭지 않은 병사를 치료하느라 죽어가는 병사를 내버려 두어서는 안 되기 때문이다.

인터넷 시대에 일상을 영위하는 건 전쟁터에서 부상자를

분류하는 것과 많이 닮아 있다. 문화 비평가 매슈 크로퍼드 *Matthew Crawford*가 말한 '주의력 공공재*attentional commons*(시·청각적으로 괴롭지 않은 환경이 사람들에게 공공재처럼 제공되어야 한다는 개념―옮긴이)'가 거의 지켜지지 못하는 상황(예를 들어 시끄러운 광고에 노출되지 않고는 차에 기름조차 넣을 수 없는 현시대)에서는 주의력을 배분하는 방식을 결정하는 것도 무자비해질 수밖에 없다. 인간이 지닌 주의력에는 한계가 있으므로 주의력을 기울일지 여부는 종종 즉각적으로 내려야 한다. 스트레스를 피하기 위해서라도 시간을 더 내달라고 요구하는 법을, 망설임이나 미안함 없이 바로 거절하는 법을 배워야 한다.

그런데 이런 정보 과부하 문제 말고도 또 다른 문제가 하나 더 있다. 사회학자 하르트무트 로자*Hartmut Rosa*가 말한 사회적 가속화다. 사실 이건 익숙한 문제다. 50년 전에 살았던 사람들도 사회가 전속력으로 내달리고 있다는 느낌을 받았다. 미국의 공상과학소설 작가 라파엘 래퍼티*R. A. Lafferty*의 《Slow Tuesday Night(느린 화요일 밤)》를 예로 들어보자. 래퍼티는 미래의 연구자들이 인간의 의사 결정 과정을 지연시키는 두뇌 부위인 아베바이오스* 블록*abebaios block*의 위치를 찾아낼 거라고 상상했다. 이 블록을 제거하면 인간의 정신 작용은 사회적 연결망처럼 가속화되는데, 이를 표현하기 위해 래퍼티는 도시에서 가장 아름다운 여인인 일데폰사 임팔라에게 청혼하는 한 걸인을 묘사하면서 이야기를 시작한다.

> "제 생각은 달라요, 바질." 그녀가 말했다. "저는 당신과 꽤 자주 결혼하지만 오늘 밤은 안 하는 게 좋을 것 같네요. 그렇지만 선물은 주셔도 돼요. 선물은 언제든지 환영입니다." 그리고 걸인과 헤어지고 난 후 그녀는 이렇게 자문한다. "그런데 오늘 밤은 누구랑 결혼하지?" 그 걸인은 1시간 반 후면 세계 최고의 부자가 될 바질 베이글베이커다.

래퍼티는 항상 이렇게 과장된 방식으로 글을 쓴다. 《느린 화요일 밤》의 세계에서 가장 인상 깊은 점은 현대인들에게는 거북이처럼 매우 느리게 진행되는 인생의 경험(결혼, 이혼, 부의 축적과 손실 등)들을 극도로 가속화했을 때, 이상하

---

* 아베바이오스는 '변덕스러운', '변하기 쉬운', '위험할 정도로 불안정한' 등의 의미를 담고 있는 그리스어다.

게도 오히려 더 정적인 세계가 초래된다는 것이다. 래퍼티는 다른 밤들보다 좀 느리지만, 본질적으로는 다르지 않은 또 다른 화요일 밤을 묘사한다. 다음은 앞에 등장한 두 인물이 이야기 끝부분에 가서 나누는 또 다른 대화 내용이다.

> 잠이 덜 깬 걸인이 길을 가다 일데폰사 임팔라를 만났다. "지금 저를 좀 도와주세요, 일디. 오늘 밤 저와 결혼해주시겠어요?" 그가 말했다. "좋아요. 생각해볼게요, 바질." 그녀가 말했다. "그런데 지난 밤 주디와 결혼한 적 있나요?" 그가 대답했다. "생각이 잘 안 나네요."

이 책은 수십 년 전에 상상해서 쓴 것이다. 래퍼티의 세계가 모든 것이 급변하는 현재 우리가 살고 있는 세상을 미리 예시했다는 주장이 과장으로 느껴진다면, 소셜 미디어에서 보고 화가 난 사건들 중 끝에서 두 번째 것을 떠올려보라. 장담하건대, 오직 마지막 사건만을 기억할 것이다. 결국 빠르게 흘러가는 인터넷에서 보내는 매일 밤이 '느린 화요일 밤'인 것이다.

로자는 래퍼티보다는 좀 더 쉬운 예시와 표현을 사용해 가속화와 관련된 인간의 일상적인 경험들이 기묘할 정도로 모순적인 성격을 보인다고 지적했다. 그는 '모든 것이 너무 빨리 변하고 있다'고 느끼지만(한 철학자는 "속도는 우리 시대의 신이다"라고 말했다), 다른 한편으로는 '의미 있는 선택을 할 권한을 박탈당한 채 사회 구조와 생활 패턴에 갇혀 있다'고 느끼기도 한다고 했다. 예컨대 10년 내로 사라질지도 모르는 직업을 갖기 위해 관련 수업을 듣는 대학생을 떠올려보라. 그녀는 장래의 고용주에게 좋은 인상을 줄 수 있는 수업들을 좀 들어야 한다고 생각한다. 직업을 갖기 위해 이미지 관리를 결코 소홀히 할 수 없다. 하지만 이와 동시에 이런 준비를 어떻게 해야 하는지 알려주는 신뢰할 만한 수단을 도무지 찾을 수 없다. 게임의 규칙이 경고도 없이 계속해서 바뀌지만, 그렇다고 해서 그 게임을 그만둘 수도 없는 그런 상황인 것이다.

미국의 정치학자 프랜시스 후쿠야마*Francis Fukuyama*가 냉전이 끝을 보이던 1989년, 역사의 종착점은 자본주의가 될 것이라고 주장한 논문을 번역한 《역사의 종말*The end of History*》이라는 악명 높은 책을 집필한 시기도 인터넷 시대가 본격적으로 문을 열기 시작한 1992년도라는 사실은 주목할 만한 가치가 있다. 그는 이 책에서 인류의 역사는 "통치 체제의 최종 형태인 서구 자유민주주의의 보편화와 인류의 이

넘적 진화의 종착점에 도달했다"고 주장했다. 모든 것이 너무나도 빠르게 움직이고 있지만, 아무튼 역사는 끝난 것이다. 이와 같은 맥락에서 로자는 인간이 '정신없이 바쁜 멈춤*frenetic standstill*'의 상태에 처해 있다고 주장하기도 했다. 이 모든 건 일데폰사 임팔라와 바질 베이글베이커가 처한 상황과 너무나도 흡사하다.

아마도 지금쯤이면 정보 과부하와 사회적 가속화가 함께 작용하여 정신을 마비시키는 피드백의 고리가 어느 정도 눈에 보일 것이다. 이 두 요인은 앞서 언급한 트리아쥬 작업을 끊임없이 수행하도록 인간을 압박함으로써, 즉 어디에 관심을 기울이고 무엇에 대해 생각할지 판단을 내리도록 함으로써 인간을 점점 더 위압적이고 독단적인 사람으로 만들어간다. 이건 소셜 미디어 이용자들이 소위 '물을 흐리는' 사람들을 커뮤니티 밖으로 쫓아내는 이유이기도 하다. 그래야 더는 신경 쓸 필요가 없어지기 때문이다. 그리고 이 모든 건 사람들을 현재 순간에 옭아매게 한다. 이렇게 되면 '지금*now*' 이외의 것에 대해 생각할 시간은 없어지고, '지금이 아닌 것*not-now*'은 점점 더 달갑지 않게 되며, 심지어는 더러운 짐과 같다고 여기게 된다.

설령 과거를 불쾌하게 여기지 않는 사람이라 하더라도

과거와 직접 맞닥뜨리는 일은 별로 없을 것이다. 과거는 스스로 찾아 나서야 한다. 시나리오 작가이자 프로듀서인 토니 토스트Tony Tost는 한 인터뷰에서 다음과 같이 말했다. "미국의 많은 젊은이들이 예전 가수나 영화, 텔레비전 쇼, 작가 등을 알지 못하는 이유는 그들의 부모(기성세대)가 자식들을 그 연령대의 아이들에게 직접 마케팅하는 문화에만 노출해왔기 때문입니다. 더구나 요즘은 어디서나 쉽게 스트리밍 비디오를 이용할 수 있게 되면서 부모들이 이런 결정을 내리기 더 쉬워졌습니다. 손가락 하나만 까딱하면 최신 문화를 접할 수 있으니 굳이 케케묵은 옛날 문화를 끄집어낼 필요성을 못 느끼는 겁니다." 그는 계속해서 이렇게 말했다.

"요즘 젊은이들이 문화적인 기억이나 미적인 모험에 대한 취향을 갖지 못하는 건 놀랄 일이 아닙니다. 아이가 학교에 들어가기 전에 그들의 부모들은 자동차 안에서 자기가 듣고 싶은 옛날 노래 대신 아이가 좋아하는 최신 음악을 틀어줍니다. 그리고 집에 있을 때 아이들은 아빠가 좋아하는 이상하고 오래된 영화 대신 아동용 유튜브나 슈퍼히어로 영화, 픽사 애니메이션 같은 것만

봅니다. 초등학교에 들어갈 때도 그 해에 그 연령대의 아이들에게 마케팅하는 문화 상품에만 관심을 갖습니다. 이런 일이 중학교와 고등학교, 대학교에 이르기까지 계속해서 반복됩니다. 그러니 아이들이 구로사와 아키라(영화감독)나 빌리 홀리데이(가수), 로버트 레드포드(배우) 같은 사람들을 어떻게 알겠습니까? 성장 발달의 모든 단계를 거치는 동안 새로운 문화적 거품들 속에만 갇혀 지내왔으니 말이죠."

여기서 '새로운 문화적 거품들*the pre-packaged bubble of the new*'이란 표현은 아주 강력한 표현이다. 심리학자이자 철학자인 윌리엄 제임스*William James*는 "눈과 귀, 코, 피부, 내장을 동시에 자극받는 아기는 그 모든 자극을 정신없이 윙윙거리는 하나의 거대한 혼란으로 경험한다"는 유명한 말을 남긴 바 있다. 이건 '시간의 대역폭*temporal bandwidth*'이 '이 순간*this instant*'으로 좁혀지는 모든 사람들이 겪는 경험의 특성이기도 하다. 그렇다면 정신없이 윙윙거리는 혼란을 피하거나 거기에 적절히 대처하려면 어떻게 해야 할까? 시간의 대역폭이란 대체 무슨 소리인가?

과거를 공부하고 변호하는 글을 쓰고 싶다면 시작할 수 있는 방법은 얼마든지 있다. 사실 '지금까지의 모든 역사'를 폄하하는 사람들을 온라인상에서 쉽게 찾을 수 있는 것처럼, 현시대가 한심하고 부끄러울 정도로 과거에 무지하다고 한탄하는 사람들도 온라인상에서 얼마든지 찾을 수 있다. 이런 사람들은 누가 말했는지도 모르는 명언인 "과거로부터 배우지 못하는 자들은 과거를 반복하게 되어 있다"는 말을 인용하길 좋아한다.

체코의 소설가 밀란 쿤데라*Milan Kundera*가 1979년에 출간한 《웃음과 망각의 책*The Book of Laughter and Forgetting*》*에 나오는 유명한 구절을 보자. "한 민족을 말살하는 첫 번째 단계는 사람들의 기억을 지우는 거야. 일단 사람들의 책과 문화와 역사를 파괴해. 그런 뒤 다른 누군가에게 새 책을 쓰고, 새 문화를 건립하고, 새 역사를 발명하게 해. 그러면 얼마 지나지 않아 그 민족은 자신들의 정체성을 잃어버리기 시작할 거야." 이건 지극히 옳은 말이다. 나는 이 주제로만 책 한 권 분량을 써낼 자신이 있다.

----

* 웃음과 망각으로 변주되는 인간의 삶의 여정들을 일곱 편의 이야기로 보여준다.

17세기 철학자인 토머스 홉스*Thomas Hobbes*의 글에도 비슷한 취지의 내용이 등장한다. 그는 고대 그리스의 역사학자 투퀴디데스*Thukydides*의 책(《펠로폰네소스 전쟁사》)을 번역한 뒤 덧붙인 서문에다 다음과 같이 썼다. "역사의 참되고 주된 과업은 과거 행동에 대한 지식을 토대로 현재에 신중히 대처하고, 미래를 섭리에 따라 준비하도록 사람들을 지도하는 것이다." 나는 과거를 바라보는 이런 존중 어린 시각에 강력히 동의한다.

그렇지만 이 같은 통찰들이 비록 힘 있는 것이라고 해도 이 책의 주된 관심사와는 거리가 좀 멀다. 나는 역사에 대한 지식이 독재자들의 선전선동으로부터 인간을 보호해줄 것이라고 말하지 않을 것이고, 정치적 판단을 날카롭게 해주거나 온라인상의 가짜 인용구를 가려내도록 도와줄 것이라고도 말하지 않을 것이다. 비록 역사에 대한 지식이 이 모든 좋은 결과들을 가져다준다는 것을 믿고 있긴 하지만 말이다. 대신 이 책에서는 과거에 대한 이해가 깊어지면 깊어질수록 '인격의 밀도*personal density*'가 더 높아진다는 사실을 보여주고자 한다.

'인격의 밀도'란 표현은 20세기에 출간된 가장 복잡하고 난해한 소설들 중 하나인 토머스 핀천*Thomas Pynchon*의 《중력의 무지개*Gravity's Rainbow*》에서 빌려온 것이다. 이 소설은 과학기술과 자본이 만들어낸 중력의 무지개를 추적해나가는 과정을 그렸는데, 다행히도 소설 속 등장인물 중 한 명이 말하는 이 말의 핵심을 이해하기 위해 소설을 다 읽어볼 필요는 없다. 그 인물은 쿠르트 몬다우겐이란 이름의 독일 공학자로, 그가 자신의 핵심 통찰을 표현하기 위해 사용한 어려운 이 전문 용어들을 설명해주는 부분이 있다. 몬다우겐의 법칙에 대해 배울 수 있는 구절은 다음과 같다.

인격의 밀도는 쿠르트 몬다우겐이 여기서 그리 멀지 않은 페네문데 지역에 있는 자신의 사무실에서 그 법칙에 대해 "시간의 대역폭에 정비례하지"라고 설명한다. 시간의 대역폭은 현존, 즉 당신의 '지금'을 나타내는 말이다. 사람들의 삶이 과거와 미래를 더 많이 포괄할 때, 인간의 대역폭은 더 두터워지고 인격 역시 더 견고해진다. 하지만 인간의 감각이 현재에 더 맞춰질수록 그만큼 더 보잘것없어진다. 어쩌면 5분 전에 무엇을 하고 있었는지 기억하는 데 어려움을 겪는 지경까지 이를 수도 있다.

사회적 가속화에 대한 앞의 논의를 토대로 '그러한 가속화가 인간을 현재 순간에 가두면 가둘수록 인간 존재의 무게도 그만큼 더 가벼워진다'고 덧붙일 수 있을 것이다. 사실 현대인들은 페이스북 뉴스피드가 날리는 아주 가벼운 이슈에조차 저항할 수 없을 정도로 존재의 밀도가 결여되어 있다. 시간의 대역폭은 인간에게 필요한 그 밀도를 제공해준다. 속도를 늦춰줌과 동시에 더 많은 행동의 자유를 제공함으로써 '정신없이 바쁜 멈춤'의 상태로 묘사되는 상황을 개선해준다. 그것은 안절부절못하는 영혼을 치료해주는 연고와 같다.*

이는 이 책이 결국 자기 계발서라는 말이다. 농담하는 게 아니다. 자기 계발이란 개념은 지적인 사람들에게 안 좋은 인상을 주는 경향이 있는데, 그 이유는 주로 두 가지다.

---

* 철학자이자 교육자인 존 듀이John Dewey는 이미 한 세기 전에 이와 매우 유사한 견해를 표명한 바 있다. 그는 《민주주의와 교육》에서 이렇게 말했다. "도처에서 변화가 밀려드는 유동적인 사회는 반드시 그 구성원들에게 자주성과 융통성을 교육할 필요가 있다. 그렇지 않으면 그 사회의 구성원들은 자신들이 사로잡힌 종잡을 수 없는 변화에 완전히 압도당하고 말 것이다. 그리고 결과적으로 소수의 사람들이 여타 다른 사람들의 맹목적 활동을 자신의 이득을 위해 이용하는 혼란스러운 상태가 초래될 것이다."

첫째, 자기 계발self-help이라고 부르는 건 일종의 자기 위로 self-soothing, 삶을 어느 정도 조정할 필요가 있긴 하지만 근본적으로 바꿀 필요는 없다는 식의 시시한 자기 위로인 경우가 많다. 그렇다면 독일의 시인 라이너 마리아 릴케Rainer Maria Rilke의 시 〈고대 아폴로의 토르소Archaic Torso of Apollo〉에서 "너는 너의 삶을 바꿔야 한다"고 말한 건 순전한 과장이라고 해야 할 것이다. 둘째, 많은 자기 계발서들은 조언들을 목록의 형태로 길게 나열해서 전개한다. '이 10가지 기법이 당신의 삶을 바꿔놓을 것이다'와 같은 식이다. 물론 스스로 선택하지 않은 방향으로 몰고 가는 막강한 사회적, 기술적 힘들의 영향력으로부터 자유로울 수만 있다면, 이런 조언들도 도움이 될 수 있을 것이다. 자신의 삶에 어떤 일이 생겼을 때 도저히 제자리를 유지할 수 없을 정도로 존재의 무게가 가볍거나 인격의 밀도가 낮지만 않다면 말이다.

독일의 사회학자 게르트 귄터 보스Gerd-Gunter Voss는 수 세기에 걸쳐 '처세conduct of life'의 세 가지 유형이 발달해온 과정을 묘사했다. 첫 번째는 전통적traditional 유형으로, 이 방식을 선택한 사람들은 같은 문화권과 계급에 속한 사람들이 항상 따라온 삶의 방식을 그대로 답습하게 된다. 이 유형의 핵심 가치는 안정성과 규칙성이다. 두 번째는 전략적

strategic 유형으로, 이런 사람들은 마음속에 뚜렷한 목표를 품고(예를 들어 일류 대학에 진학한 뒤, 방사선 전문의가 되거나 회사를 경영하다가 50세에 은퇴한다 등), 그 목표를 달성하기 위한 세부적인 전략을 세우는 경향이 있다. 그런데 보스에 따르면 이 두 유형이 여전히 존재하고는 있으나, 세 번째 처세 유형인 상황적*situational* 유형에 의해 점점 대체되고 있다고 한다.

상황적 유형은 전례 없이 역동적이고 유동적인 최근의 사회 질서 속에서 생겨났다. 예컨대 방사선 전문의가 컴퓨터로 대체될지도 모른다는 이야기를 듣는다면 방사선 전문의가 되려는 계획을 세우기는 쉽지 않을 것이다. 어느 분야의 사업이든 10년 내로 사라지거나 예측 불가능한 변화를 겪게 될지도 모르는 상황에서는 사업 계획을 세울 가능성이 작아진다. 이뿐만 아니라 아이가 자라는 세상이 어떤 모습일지 (사회적, 기술적, 기후적 측면에서) 전혀 알 수 없다면 아이를 가질 계획을 세우기도 쉽지 않다. 어쩌면 일주일 뒤에 친구와 저녁 약속을 잡는 것조차 꺼릴지 모른다. 그사이에 훨씬 더 나은 선택지들이 등장할지도 모르기 때문이다.

비록 상황적 처세 유형이 전략적 유형과는 명백히 다르기는 하지만, 이런 식의 처세술 역시 일종의 전략에 해당한다. 바로 사회적 가속화에 대처하기 위한 전략이다. 그렇지만 이런 전략은 의미 있는 삶에 대한 진지한 성찰을 포기하게 만들 위험성이 있다. 호라티우스처럼 "덕은 어디에서 오는가, 책에서인가?"나 "자기 자신과 친구가 될 수 있는 방법은 무엇인가?"와 같은 질문들을 던지기를 원칙적으로 거부한다. 이렇게 되면 사람들은 단순히 현재만 관리하는 데 그치게 된다. 결국 삶이 마음속에서 불안하게 교차하는 사소한 것들에 대한 희망과 두려움에 의해 내몰리고 있는 건 아닌지 물어볼 생각조차 하지 않게 될 것이다. 그런데 이 외에 그 무엇이 인간의 삶에 동력을 제공해줄 수 있겠는가?

하르트무트 로자는 사회적 가속화와 연관된 최근의 이런 경험들(시간의 대역폭이 좁아졌다는 느낌과 상황적 처세 유형을 선택하도록 내몰리는 듯한 느낌)과 불안 및 우울증 사이에 긴밀한 연관 관계가 존재한다는 것을 지적한다. 사실 '정신없이 바쁜 멈춤'의 상태에 있다는 것은 우울한 사람들에게서 아주 흔하게 발견되는 특성이다. 오래된 책을 읽는 게 우울증을 치료할 수 있다고까지 말하진 않겠지만 고전 읽기를 통해 두터워진 인격의 밀도는 우울증이라는 파도 앞에 방파제 역할을 할 수 있고, 감정의 폭풍이 휘몰아칠 때 잠시 쉬어 갈 수 있는 항구가 되어줄 수 있다. 아마도 이 책을 읽다 보면 이 점을 어느 정도 실감하게 될 것이다.

왜냐하면 그 감정의 폭풍*이 인격이라는 연약하고 작은 배를 바다 저편으로 날려 보내면, 우리는 어느 날 깨어나 어쩌다 이런 끔찍한 곳까지 오게 되었는지 한탄하게 될 것이기 때문이다. 어쩌면 이때 매 순간의 상황에 맞춰가며 사는 이런 삶은 삶도 아니라고 생각하게 될지도 모른다. 게다가 그 변화의 흐름은 항상 우리보다 한발 앞서서 우리를 압도하므로 피할 수 없는 상황들을 도움이 되는 방식으로 활용할 수도 없을 것이다. 따라서 행동할 순간이 왔다는 자발적인 판단이 설 때까지 자신을 붙들어줄 인격의 밀도를 갖출 필요가 있다. 그 밀도를 갖추기 위해서는 일시적인 순간에서 빠져나와 더 큰 시간 속으로 들어가야 한다. 쿠르트 몬타우겐이 말했듯 인격의 밀도는 시간의 대역폭에 정비례하기 때문이다.

---

* 러디어드 키플링*Rudyard Kipling*의 시 〈The Gods of the Copybook Headings(습자책 표제의 신들)〉에서 '바람을 타고 이동하는 시장의 신들*wind-borne Gods of the Market Place*'이라고 부르는 폭풍우, 즉 통제할 수 없는 힘에 의해 떠밀려가는 것들을 말한다.

내가 여기서 어려운 과업을 떠맡았다는 사실을 잘 안다. 현대인들에게 과거에 관심을 기울이도록 하는 건 결코 쉬운 일이 아니다. 그래서 나는 '현재에 몰두하는 것만으로는 지금 당신이 위치한 시간과 장소를 이해할 수 없다'고 주장하려 한다. 현재를 이해하려면 그곳에서 떨어져 나와 앞뒤를 둘러보는 일을 정기적으로 수행해야만 한다. 그런 다음 현재로 다시 돌아간다면 아마 '아하'라고 깨닫게 될 것이다. 이것이 바로 현재를 이해하는 방법이다. 문제는 이에 대해 조금이라도 생각해본 사람은 내가 만나는 사람들 가운데 약 2퍼센트 정도밖에 안 된다는 것이다. 나머지 98퍼센트는 시공간상의 이 지점에 완전히 매몰되어 그 밖의 다른 것들에는 관심조차 가지려 하지 않는다. 나는 2퍼센트를 위해 이 글을 쓰고 있다. 하지만 이는 그들에게조차 쉬운 일이 아니다. 이 순간의 중력을 극복하는 일, 현재주의로부터 벗어나기 위한 이탈 속도를 확보하는 일은 그들에게도 엄청난 투쟁이다.

현재의 중력을 그토록 강력하게 만드는 요인들에는 여러 가지가 있는데, 이미 그들 중 일부를 살펴보았다. 앞서 인용한 인터뷰에서 토니 토스트는 현재주의가 아이들에게 미치는 영향을 특히 걱정하면서 부모들이 아이들이 그들

세대를 위해 만들어진 것이 아닌 다른 문화 상품들도 접할 수 있게 해야 한다고 주장했다. 즉, 아이들을 대상으로 판매되지도 않고, 그들의 편도체(뇌의 일부로 동기, 학습, 감정과 관련된 정보를 처리)를 향해 화살처럼 발사되지도 않는 그런 문화 상품들에 아이들을 노출해야 한다는 것이다. 그는 이렇게 말했다. "더 오래된 세대의 문화 상품들은 안전지대 밖으로 나오도록 아이들을 자극해서 약간의 모호성과 주제적 다양성에 직면할 수 있도록 해줄 것입니다. 그러면 아이들은 즉흥적이고 수동적인 소비의 대상이 아닌 색다른 문화 상품들과 접촉할 수 있게 됩니다."

토스트의 주장은 내가 여기서 말하려는 것과 매우 비슷하다. 아이들을 과거의 문화 상품에 노출하는 건 다른 세대를 위해 만들어진 문화적 산물의 가치와 기쁨을 찾아내는 법을 배우도록 아이들을 자극한다. 토스트는 부모가 아이들에게 더없이 건강한 이 도전의 기회를 제공하지 못한다면 "더 공허하고 나약하며, 지적이고 심미적인 모험심마저 부족한 성인들만 양산해내게 될 것이다"라고 말했다. 이런 사람들은 인격의 밀도가 낮고, 따라서 무너지기도 더 쉽다.

월가의 현자로 불리는 교수이자 유명 작가인 나심 니콜라스 탈레브*Nassim Nicholas Taleb*는 '안티프래질*antifragility*(반취약성)'이라는 기이한 자연 현상에 대해 묘사한 바 있다. 이는 충격으로부터 이득을 얻는 것으로, 어떤 사람들은 불안정감이나 무질서, 스트레스, 위험, 불확실성 등에 노출되었을 때 도리어 더 번영하고 성장한다. 부모라면 당연히 자기 아이가 이런 특성을 가지기를 바란다. 진지하게 과거를 대면하는 태도가 안티프래질을 형성해내는 강력한 도구 중 하나다. 하지만 유튜브를 비롯한 온라인 사이트의 추천목록은 이를 거의 불가능하게 만든다. 그러므로 깊이 있는 인격의 밀도를 형성하는 데 방해가 되는 장애물들을 나열할 때는 지금까지 말한 것들에다 '알고리즘에 의한 표적 마케팅'까지 포함해야 한다.

이 목록은 일종의 블랙리스트다. 이 목록에서는 분명히 해둘 필요가 있는 핵심 요인 한 가지를 더 식별해낼 수 있다. 바로 '역사의 각 시기는 진보의 정도에 있어 서로 엄격히 구분된다'는 역사 인식이 사람들의 현재 중심적 사고에 영향을 미친다는 것이다. 철학자 찰스 테일러Charles Taylor가 주장했듯이 현재주의에서 가장 이상한 요소들 중 하나는 그것이 역사적 명제에 기반을 두고 있다는 것이다. 테일러는 이렇게 말했다. "현재 겪는 정신적 곤경에서 특히 주목할 만한 점은 그것이 역사적 성격을 띤다는 사실이다. 다시 말해 우리가 서 있는 곳과 우리 자신에 대한 이해는 부분적으로 '이전의 조건들을 극복한 결과 지금 있는 곳까지 오게되었다'는 인식에 의해 결정된다."

테일러는 '환상에서 깨어난 세계 *disenchanted world*', 즉 영혼과 악마가 아닌 불변의 자연법칙에 의해 지배되는 세계에 산다는 것이 어떠한 것인지 이야기하던 도중에 이 말을 꺼냈다. 그에 의하면 인간은 지금 이곳에 도달하기까지 힘겨운 투쟁을 해야 했다는 것과 이 성취가 그리 견고하지 않다는 것을 어느 정도 알고 있다. 테일러는 계속해서 이렇게말한다.

"우리가 이 사실을 아는 건 성장하는 동안 끊임없이 환상에서 깨어나는 훈련을 받아야 했기 때문이다. 서로의 환상적 *magical* 사고를 비난하고, 미신과 환상에 탐닉하는 태도에 문제를 제기하면서, 이런 사고와 태도를 지닌 사람들을 마치 결함이 있는 듯 계속해서 비판해왔다. X는 이 시대 사람이 아닌 것 같고, Y는 중세적 *mediaeval* 마인드를 지닌 사람이라고 하면서, 우리가 예찬하는 Z에 대해서는 시대를 훨씬 앞서간 사람이라며 찬사를 아끼지 않는다."

만일 테일러가 옳다면, 과거로부터 아예 시선을 돌리거나 연민과 우월감 섞인 눈으로 과거를 바라볼 만한 충분한 이유가 있다. 우리는 진보를 믿으며, 역사가 정의를 향해 포물선을 그리듯이 날아간다고 믿는다. 이건 아주 위안이 되는 믿음으로, 우리는 단지 삶의 중요한 진리와 현명한 관습을 놓쳤다는 것을 발견하기 위해 과거를 들여다보고 싶어 하지 않는다. 세계적인 정치학자 겸 저널리스트인 크리스토퍼 히친스*Christopher Hitchens*는 그가 종교라고 부르는 '사악한*baleful*' 역사에 대해 묘사하면서 이렇게 말했다. "우리를 지하 묘지와 악취 나는 제단, 굴종과 굴복의 죄스러운 쾌감으로 다시 끌어들이려는 쭈글쭈글한 손으로부터 벗어나게 해준 이성의 힘에 찬사를 표한다." 이건 많은 사람들이 과거를 대하는 태도, 즉 '조심하지 않으면 다시 그 상태로 끌려들어 가게 될지도 모른다'는 식의 태도와도 크게 다르지 않다.

지금까지 말한 정보 과부하, 사회적 가속화, 알고리즘에 의한 마케팅, 진보와 해방을 찬양하는 역사 인식 등과 같은 현재주의적 힘들을 한데 모아놓고 보면 그것들을 밀쳐내는 것이 결코 쉽지 않다는 걸 알 수 있다. 그럼에도 이 책은 그 힘들을 밀쳐내려 시도하며, 과거의 위험보다는 그 가치를 강조하는 이야기들을 지지하려 애쓴다. 이런 작업을 시작하려면 먼저 선조들의 목소리에 대한 저항감부터 극복할 필요가 있다.

함께 식사하기

◈

관심 | 다름을 받아들인다는 것

시간의 대역폭을 확장하는 이 프로젝트를 시작하려면, 과거의 사람들을 향해 현재 우리의 마음과 가슴을 열어젖힘으로써 그들이 우리 눈앞에 생생하게 재현되도록 할 필요가 있다. 이 책의 제목(원제: Breaking Bread with The Dead)을 시인 위스턴 휴 오든*W. H. Auden*이 애정하는 구절인 "예술은 우리가 죽은 자들과 함께 식사하는 주된 수단이다"라는 말에서 가져온 이유도 이 때문이다. '함께 식사하기*breaking bread*', 즉 선조들과 함께 식탁에 앉아 그들과 우리 사이의 공통점과 차이점을 알아가는 과정이 이 프로젝트의 핵심이다.

'식탁에서의 친교*table fellowship*'는 고대인들에게는 골칫거리 중 하나였다. 예전은 물론 오늘날에도 음식과 관련된 복잡한 규율을 준수하는 유대인들에게는 특히나 더 그랬다.

나사렛 예수가 동료 유대인들 사이에서 논란거리가 된 여러 이유들 중에는 "모든 음식은 깨끗하다"는 그의 발언도 포함된다. 예수가 승천한 뒤 사도들이 널리 복음을 전한 행적을 기록한《사도행전》에는 사도 중 한 명인 베드로가 환상을 보는 장면이 등장한다. 그는 환상 속에서 모든 종류의 동물들을 보게 되고, 이어서 한 목소리가 그들을 먹으라고 말하는 걸 듣게 된다. 독실한 유대인이었던 베드로가 이의를 제기하자 그 목소리는 그에게 "하나님께서 깨끗하게 하신 것을 네가 속되다 하지 말라"고 말한다.

하지만 나외는 다른 사람의 존재와 그들이 먹는 음식이 사람을 불결하게 더럽힐 수 있다는 신념과 마찬가지로, 오래된 습관은 잘 고쳐지지 않는지라 기독교인들이 널리 읽은 3세기 문헌인《클레멘타인 설교집》에서는 그 환상이 틀렸다는 주장이 나온다. "우리는 비유대인과 먹는 음식이 다른 만큼, 그들과 같은 식탁에서 음식을 먹지 않는다. 그들은 불순한 삶을 살고 우리의 종교는 그들과 우리를 구분하라고 한다." 이 말을 한 사람은 누구일까? (내용에 따르면) 바로 베드로다.《사도행전》에서 이와 정반대되는 결론에 도달한 그 베드로 말이다.《클레멘스 설교집》은 경건한 작품이지만, 앞서 언급한 구절에서도 말했듯이 '불순한 삶을 사는' 사람들을 멀리해야 할 필요성에 관해 이야기한다. 다행스럽게도 우리는 그런 비합리적인 편협함과 배타성을 극복한 문명화된 사회에 살고 있다.

그런데 '정말로 그런가?'라고 묻는다면, 꼭 그렇지만은 않다. 분명 지금도 사람들은 깨끗함과 불결함에 신경 쓴다. 최근 벌어지고 있는 일들을 한번 떠올려보라. 요즘 식당에서 식사하는 손님들은 정치인이나 유명인사가 갑자기 방송 촬영 등을 이유로 식당에 와서 식사할 예정이란 사실을 알게 되면 그 사람을 못 오게 하라고 항의하곤 한다. 어떤 사람들은 자신과 정치적 견해가 너무 다르다는 이유만으로 특정인들과 함께 추수감사절이나 크리스마스 같은 명절을 보내는 걸 극도로 꺼린다. 같이 식사하는 것도 아니고 그저 같은 공간을 사용하는 것뿐인데도 말이다. 《클레멘스 설교집》에 나오는 다음 구절은 사람들의 이런 태도를 잘 드러내 준다. "진실된 생각을 갖고 올바른 행동 지침을 따르도록 그들을 설득한 이후에야 우리는 그들과 함께 머물 수 있었다."

만일 정치적 신념에 반하는 동시대인들(너무 그릇되고 이질적인 견해를 품고 있어서 그들과 함께 식사하는 것만으로도 더럽혀진다는 느낌을 받는 사람들)과 함께 식사할 수 없다면 '죽은 이들과 함께 식사하라'는 말은 공허한 외침으로 느껴질 것이다. 그래도 다행인 건 반드시 그렇다고만은 할 수 없다는 것이다. 죽은 사람은 이미 죽은 사람인 만큼, 우리의 초대에만 응답할 수 있다. 그들은 초대받지 않은 식탁에는 올 수 없다. 마치 그리스 신화에 나오는 영웅 오디세우스가 살아 있는 사람의 신분으로 죽은 자들의 땅인 하데스에 내려갔을 때 그의 주위로 몰려든 그림자 떼처럼 전적으로 우리의 지배를 받는다. 산 사람의 피가 그들의 혀에 와 닿기 전까지는 단한마디도 말할 수 없다. 따라서 이 책에서 만나는 죽은 이들(철학자, 예술가, 사상가늘)에게 필요한 것은 산 사람의 피, 즉우리의 관심이다. 그러니 제발 관심의 피를 너무 아끼려고만 하지 말고, 그들에게 발언권을 줄 수 있는 우리의 권한을마음껏 사용하자. 만일 그들이 충격을 주거나 비위를 거스른다면 우리는 언제든 그들에 관한 관심을 거두고 그들을침묵하게 할 수 있다.

그런데 사실 그들이 우리에게 충격을 줄 가능성은 매우높다. 나는 여기서 이 점을 강조하고 싶다. 그리고 앞으로도 이 책에서 과거와 현재의 차이의 중요성에 대해 계속해서 강조할 것이다. 시중에는 과거를 연구하는 것의 가치를 옹호하는 책들이 많이 나와 있지만, 그 책들은 진정으로 유용하고 흥미로운 과거의 산물들이 현재 우리의 것과 놀랄 정도로 닮았다는 점을 강조하는 데만 중점을 둔다. 근대 초기에 포조 브라촐리니라는 사람이 고대 철학자 겸 시인인 루크레티우스*Lucretius*의 작품을 발견한다는 내용을 담은 스티븐 그린블랫*Stephen Greenblatt*의 《1417년, 근대의 탄생*The Swerve*》에서 우리는 루크레티우스의 작품과 구분도 잘 안 되고 상대하는 적들도 거의 같은 영웅들만 만난다.* 예수의 경영자적 삶을 통해 경영 철학을 이야기하는 로리 베스 존스*Laurie Beth Jones*의 《최고경영자 예수*Jesus, CEO*》에 등장하는 예수는 불만을 품은 부하 직원들을 상대하는 법에 관한 수많은 조언들을 경영자들에게 제공해주지만, 절대로 "가진 것을 다 팔아 가난한 이들에게 주어라"라고 말하지는 않는다. 고대 스토아주의가 인기를 끌 수 있었던 것도 현대

─────────

* 중세 연구가 로라 새트빗 마일스*Laura Saetveit Miles*가 말했듯이 스티븐 그린블랫의 책은 착한 놈들(포조와 루크레티우스)이 나쁜 놈들을 이기고 영광스러운 변화를 끌어낸다는 평범한 이야기에 의존한다. 이런 이야기가 위험한 건 단순히 부정확하기 때문이기도 하지만, 사회가 계속해서 앞으로 나아간다는 진보주의 모델을 채택하기 때문이기도 하다. 이런 모델은 현대의 죄악과 부당함을 변명하는 수단으로 전락하기 쉽다(https://www.vox.com/2016/7/20/12216712/harvard-professor-the-swerve-greenblatt-middle-ages-false).

적으로 재해석된 스토아 철학이 생활 방식을 약간 조정하라고 권고했을 뿐, 기존 신념까지 바꾸도록 강요하지 않았기 때문이다. 이 점에 대해서는 나중에 더 이야기하겠다(7장 참고).

영국의 역사가 데이비드 캐너다인David Cannadine의《The Undivided Past(분리되지 않은 과거)》는 정치적 이득을 위해 사람들 간의 차이점을 과도하게 강조하는 정체성 정치를 반박하기 위한 목적으로 저술되었다. 캐너다인은 "인간의 정체성과 관계에 관한 더 폭넓고, 보편적이고, 낙관적인 관점을 취하사는 목소리들이 있다"고 주장한다. 이런 관점은 집단 정체성들 간에 차이와 갈등이 존재한다는 점을 인정하지만, 여기서 더 나아가 그들 사이의 '친밀감affinities'을 찾아내고 넘나들 수 없는 것으로 간주되는 정체성의 경계들을 가로지르는 대화를 촉진함으로써 차이에 숨겨진 광범위한 인간적 유대감을 구현하고 표현하는 것을 추구한다. 캐너다인은 미국에서 가장 영향력 있는 흑인 여성 중 한 명으로 꼽히는 시인이자 소설가인 마야 안젤루Maya Angelou에게 공감을 표하며 그녀의 시《I shall Not Be Moved(나는 감동하지 않은 것이다)》를 인용했다.

나는 각 부류의 사람들 간의

명백한 차이를 인정하지만

내 친구들이여,

우리는 차이점보다

공통점이 더 많다네

나는 이 말이 진실이길 간절히 바라며, 실제로도 이 말은 사는 곳과 사회 계층, 인종, 성별이 다른 사람들은 물론 우리와 다른 시대에 사는 사람들에게까지도 어느 정도 적용되는 말이다. 하지만 나는 인격의 밀도를 의미 있는 방식으로 증대시키려면 이질성과 대면하는 것이 필수적이라고 믿는다.

죽은 이들과 식사하는 이 과제의 진정한 도전, 또는 진정한 기회는 그들이 우리를 기겁하게 만드는 말을 꺼내는 순간, 역겨움과 공포에 질려 이 과제를 그만두고 싶은 유혹을 느끼게 할 정도로 놀라게 하는 그 순간에 찾아온다. 하지만 그런 순간은 그저 인내심을 갖고 관심이란 피를 계속해서 주기만 하면 되는 그런 순간에 불과한지도 모른다. 예컨대 소외된 공동체나 집단의 무시되고 간과된 목소리에 귀를 기울이면서 '다른 사람*the other*'을 인정하고 그들의 '다름

*otherness'*을 존중해야 한다는 오래된 주장들을 고려해보라. 나와 같은 분야에서 일하는 사람들은 오랫동안 이런 식의 주장을 반복해왔다. 좀 더 쉬운 예로, 정치적으로 혼란한 시대에 "불편함을 감수하고 괴상한 친족을 만들자"고 주장하는 문화 이론가 도나 해러웨이*Donna Haraway*의 《트러블과 함께하기: 자식이 아니라 친척을 만들자*Staying with the trouble: Making Kin in the Chthulucene*》를 떠올려 보자(어려운 학문적 언어가 좀 섞여 있지만 부디 참아주길 바란다).

대체 '자식이 아니라 친척을 만들자'는 무슨 말인가? 해러웨이에 의하면 이는 비둘기 같은 새를 포함한 모든 송류의 생명체들과 유대감을 형성한다는 것을 뜻한다. 책 초반부에 인간과 비둘기 사이의 교감에 관한 매혹적인 내용이 등장한다. 그 교감은 대부분 인간의 주도하에 이루어져 왔는데, 그녀는 이 책에서 지금까지 인간만을 위한 일방통행로였던 길을 양방향 도로로 확장하려 한다. '어떻게 비둘기들을 그런 프로젝트에 참여하도록 할 것인가'라는 질문은 분명 답하기 쉽지 않지만, 해러웨이는 이런 질문을 던지는 것이 반드시 필요하다고 믿는다. 그녀는 그 이유에 대해 이렇게 말한다. "불편을 감수하기 위해서는 다른 종들과 친족이 되어야 하기 때문이다. 이 혼란스러운 시기를 극복하려면 전례 없을 정도로 서로 협력해야 한다. 서로 함께하지 않는다면 아무것도 될 수 없다.*"

여기서는 '누가 서로each other에 포함되는가?'라는 문제가 제기된다. 그러니까 비둘기들 말고 말이다. 해러웨이는 인간 동족에 반인종주의자, 반식민주의자, 반자본주의자, 모든 인종과 모든 계층의 동성애 지지 페미니스트들과 자식이 아니라 친족을 만들자는 자신의 주장에 공감하는 모든 사람들이 포함된다고 명시적으로 언급한다. 그녀는 "도처에 위장된 형태로 모습을 드러내는 온갖 종류의 출산 장려 정책들에 이의를 제기해야 한다"고 주장하기도 한다.

이런 표현을 즐겨 사용하는 대부분의 사람들을 정신과 의사 겸 블로거인 스콧 알렉산더Scott Alexander의 삼자 대조법으로 설명하면, 분명 그들의 내집단in-group(반인종주의자, 반식민주의자, 반자본주의자, 모든 인종과 모든 계층의 동성애 지지 페미니스트들)과 조화를 이룰 것이고, 원거리 집단far-group(비둘기들)

---

* 이 단락의 글을 마치자마자 《Homing: On Pigeons, Dwellings and Why We Return(귀향: 비둘기, 주거지, 그리고 우리가 돌아오는 이유)》이라는 존 데이Jon Day의 책을 접하게 되었다. 이 책에서 그는 해러웨이를 인용하는데, 내가 보기에 그 글은 이 모든 걸 원점으로 되돌려놓는 것 같다.

과도 아무런 문제를 일으키지 않을 것이다. 그렇다면 외집
단out-group과는 어떨까? 같은 도시에 살면서 같은 투표소에
서 투표하는 외집단 말이다. 아마도 사이가 그리 좋진 못할
것이다. 이 친족 만들기 프로젝트가 대형 복음주의 교회에
다니고, 지난 선거에서 잘못된 사람(내가 투표한 사람과 다른 사
람)에게 투표를 한데다 아이를 다섯이나 둔 건너편 집 부부
에게까지 확장되기는 힘들다. 게다가 그들은 말대꾸할 가
능성이 비둘기들보다 더 높지 않은가? 솔직히 말하면, 그들
이 해러웨이와 친족 관계를 맺는 데 관심을 보일 것이라고
생각하는 것 역시 비현실적이긴 마찬가지다. 그들은 아마
비둘기들을 더 편하게 생각할지도 모른다. 내 생각에 시간
의 대역폭을 확장하는 이 프로젝트가 진가를 발휘하는 건 바
로 이 지점에서다. 이 프로젝트는 별난 이웃들을 상대하는 것
보다 조금 덜 힘들고 덜 위협적인 방식으로 친족을 만들도
록 도와주기 때문이다. 적어도 프로젝트의 의미를 오해하
지만 않는다면 말이다.

　2019년, 소설가 겸 교사인 브라이언 모턴Brian Morton은
1921년 여성 최초로 퓰리처상을 수상한 이디스 워튼Edith
Wharton의 1905년도 작품 《기쁨의 집The House of Mirth》*을 읽
으려다 50쪽도 채 못 읽고 쓰레기통에 던져버린 한 학생과

만난 경험을 에세이로 쓴 적이 있다. 그 학생을 기겁하게 만든 건 시몬 로즈데일이란 이름의 등장인물을 통해 구현된 워튼의 노골적인 반유대주의 성향이었다. 소설 전반에 걸쳐 로즈데일은 공손함과 오만함이 기묘하게 뒤섞인 언행을 드러내 보여 여주인공인 릴리 바트에게 오해를 받기도 하는데, 대략 이런 식이다. "그는 자신이 천천히 가야 한다는 사실을 알았고, 그의 인종적 본능은 그가 퇴짜를 맞거나 기다리는 것을 인내하도록 만들었다." 이렇게 로즈데일을 멸시하는 워튼의 거만한 태도에 놀란 학생이 "그런 책은 우리 집에 들여놓을 수 없어요"라고 말한 건 충분히 이해할 만한 일이다. 이 글을 보면 대놓고 노골적인 편견을 드러내는 작가와 함께 식사하는 걸 견딜 수 없어 했다고 말할 수 있을 것이다.

훗날 모턴이 이 만남을 회고했을 때, 그는 "그런 책은 우리 집에 들여놓을 수 없어요"라는 표현이 워튼의 책을 거부한 그 학생의 태도가 옳든 그르든 상관없이 오해에서 비롯된 것이라고 생각했다. "그건 마치 오래된 책이 작가를

---

* 20세기 초 뉴욕 상류사회를 배경으로 신데렐라가 되기를 꿈꾸었던 한 여성의 추락과 실패를 생생하게 그린 장편 소설이다.

우리에게로 데려오는 타임머신이라고 상상하는 것과도 같습니다. 책을 사서 집으로 가져오면 작가가 우리 앞에 나타나 자기도 끼워달라고 하는 거죠. 그런데 만일 작가에게서 자민족중심주의나 성차별주의, 인종주의 등을 발견한다면 우리는 그 요청을 거부하고 작가를 현재로 들어오지 못하도록 막으면 됩니다." 하지만 모턴은 이에 반대하며 이렇게 이어서 말했다. "그런데 시간 여행을 하는 건 작가가 아닌 독자들입니다. 오래된 소설을 집어 들 때 우리는 그 소설가를 우리 세계로 데려오면서 그 사람이 이 세계에 속할 만큼 개화된 사람인지 판단하는 것이 아니라 우리가 그 소설가의 세계로 여행을 가서 주변을 둘러보는 것입니다." 작가는 우리의 식탁을 찾는 손님이 아니라 우리가 작가의 식탁을 찾는 손님인 것이다.

이건 멋진 비유지만, 모든 비유가 그렇듯 한계가 존재한다. 실제로 다른 누군가의 식탁에 앉아 있다면 상대의 기분을 상하게 하거나 당황스럽게 하지 않고 그 자리에서 일어나기는 쉽지 않은 일이다. 하지만 책은 그럴 필요가 있다고 느끼거나, 무언가 좀 이상하고 불쾌하다고 느낄 때면 언제든 덮어버리면 된다. 즉, 문제를 일으키거나 상대의 비위를 건드리지 않고 즉시 식탁을 떠날 수 있다. 그런데 반대로 생각하면 그토록 쉽게 자리를 뜰 수 있다는 건 자리를 지키는 것도 아주 어렵지 않다는 뜻이 된다.

다시 '괴상한 친족 만들기'란 주제로 되돌아가 보자. 사람들은 동물들, 특히 야생 동물들과 진정한 연대감을 형성하는 것이 쉬운지, 어려운지, 아니면 불가능한지에 대해 아주 긴 대화를 나눌 수 있을 것이다. 이건 일부 철학자들을 포함한 여러 사람들이 종종 생각해온 문제이기도 하다. 영국의 철학자 루트비히 비트겐슈타인*Ludwig Wittgenstein*은 이 프로젝트에 대한 부정적 견해를 분명히 하며 이렇게 말했다. "만일 사자가 말할 수 있다고 해도 우리는 그 말을 이해하지 못할 것이다." 미국의 철학자 토머스 네이글*Thomas Nagel*은 이 문제에 대해 확답하는 대신 〈What Is It Like to Be a Bat?(박쥐가 된다는 것은 어떤 것일까?)〉이라는 에세이를 써서 훗날 유명해졌다.

좀 더 현실적인 탐구를 원하는 독자들이라면 상실의 슬픔을 견뎌 나가는 과정을 정직하고 아름다운 언어로 담아낸 헬렌 맥도널드*Helen Macdonald*의 회고록인《메이블 이야기 *H Is for Hawk*》를 읽어보면 된다. 사실 우리는 괴상한 친족 만들기가 가능한지 아닌지에 상관없이 무엇이 그런 열망을 부추기는지 알고 있다. 바로 다름을 제거하지 않고 다름에 대해 숙고하고 참여하고자 하는 깊은 열망이다. 그 과정에서 인간이 겪는 불편함은 지극히도 중요하다. 실제로 다름의 상실은 나쁜 신호일 수도 있다. 맥도널드는 아버지의 죽음에 슬퍼하면서 그녀가 기르던 참매 메이블에게 점점 더 가까이 끌려들어 가던 순간 이 사실을 깨달았다.

매일같이 메이블과 함께 사냥하면서 나는 매의 눈으로 세상을 바라보는 메이블의 시각과 낯선 관점에 점점 더 동화되어 갔다. 물론 내 상상 속에서 이루어진 일이지만, 그것만으로도 충분히 압도적이었다. 그건 광기와 유사한 상태를 불러일으켰고, 나는 내가 무슨 일을 한 건지 도무지 이해할 수 없었다. 어린아이였을 때 나는 매로 변신하는 것이 마술과도 같은 일이라고 생각했고, 테런스 핸버리 화이트*T. H. White*의 환상소설 《The Sword in the Stone(아서왕의 검)》을 읽고 난 후, 그런 변신을 유익하고 교훈적인 것으로 생각하게 되었다. 그건 앞으로 왕이 될 그 소년에게는 삶의 교훈이 될 만한 소중한 경험이었다. 하지만 이제는 그 교훈이 나를 죽이고 있었다. 현실은 결코 소설 같지 않았다.

한 인간으로서 '매의 눈으로 보는 세상'을 받아들이는 건 필연적으로 광기와 유사한 상태를 불러일으킬 수밖에 없을 것이다. 정신 건강은 내 정체성을 다른 무언가의 정체성 속에 매몰시키는 것이 아니라 차이를 추구하되 항상 그것을 차이로써 인식하는 데 있다. 그리고 이는 과거를 향한 관심에 대해서도 마찬가지다. 오래된 책인 고전을 읽는다는 것은 다름에 대해 숙고하는 법을 배우는 일종의 교육이다. 그리고 이 교육의 목적은 다른 사람과 나를 똑같이 만드는 것이 아니라 다른 사람을 어떤 의미에서는 내 이웃으로 만드는 것이다.

나는 우연히 이런 유형의 훈련이 주변에 있는 실제 이웃들과 관계 맺는 법을 배우는 데도 도움이 된다는 것을 깨달았다. 비록 이런 주장은 내 논의의 핵심적인 부분은 아니고, 양자 간의 평행관계가 항상 성립되는 것도 아니긴 하지만 말이다. 나는 글을 대할 때는 엄청나게 섬세한 독자가 되지만, 식당 직원들을 대할 때는 무뢰한 사람이 되는 사람들을 알고 있다. 하지만 분명 오래된 글들과 마주하는 일은 차이에 직면하는 법을 배우는 상대적으로 덜 위험하면서도 엄청나게 유익한 방법이 될 수 있다.

프랑스의 사상가 시몬 베유*Simone Weil*는 이 사실을 강력하게 믿었다. 매우 독특한 유형의 종교주의적 신비주의자 *religious mystic*였던 그녀는 모든 유형의 인간적 교감들 속에서 영원히 진실된 것을 식별해내려 끊임없이 노력해야 한다고 했다. 또한 실제 이웃들을 대할 때는 이런 태도를 취하기 힘들다고 생각했다. 그런 상황에서는 인간의 감정이 너무 피상적으로 되기 쉽기 때문이다. 이것이 바로 도나 해러웨이와 그녀의 집 건너편에 사는 출산 장려자들이 서로 만나는 것보다 비둘기들과 교감하는 걸 더 편하게 느끼는 이유다. 베유는 "과거는 우리에게 부분적으로만 완성된 차이점들을 제공해준다"고 말했는데, 이건 이상한 구문이긴 하지만 매우 중요한 뜻을 담고 있다. 이 말은 과거의 사건들과 사람들이 '상대적으로' 완전하게 형성되어 있다는 뜻이다. 그것이 완벽하게 완성된 것이 아닌 이유는 과거의 결과들이 현재에도 계속해서 영향을 미치기 때문이다. 하지만 이것 역시 오직 부분적으로만, 그런데 결국에는 그림을 거의 다 그린 화가가 그렇게 하듯 뒤로 물러서서 바라보며 평가할 수 있을 정도로 충분히 완성된 상태를 나타낸다. 아무튼 과거에 관심을 갖는 강도는 현재에 몰두하는 강도에 결코 미치지 못하지만, 과거를 유용하게 만들어주는 건 다름 아닌 바로 이 점이다. 이에 대해 베유는 이렇게 말했다. "우리의 애착과 열정은 과거의 영원성에 대한 우리의 식별력을 그렇게 해치지 않는다."

이제 배유의 이 말이 의미하는 바를 좀 더 분명히 드러내 보기로 하자. 내가 아는 가장 아름다운 소설 가운데 하나는 인도의 작가 아니타 데사이*Anita Desai*가 쓴 《Clear Light of Day(낮의 밝은 빛)》라는 작품이다. 이 소설은 인도의 수도 올드 델리에 사는 다스 가문의 네 형제자매에 관한 이야기로, 1940년대에서 1970년대에 이르기까지 그들의 삶이 어떤 식으로 변화되어 나갔는지 잘 보여준다. 먼저 복잡다단한 가족사가 그들을 갈라놓으며 가족들 간의 관계를 어색하게 만드는데, 그들 사이의 그 모든 긴장은 1947년 인도의 독립과 분열을 계기로 더 악화된다. 그 시기에 가족 모두가 느낀 긴장에 더하여, 다스 가문의 구성원들은 자신들이 세 들어 사는 집의 주인인 하이더 알리가 이슬람교도라는 불편한 진실과 맏형인 라자가 이슬람 문화와 우르두어(그는 이 언어가 자신들이 쓰는 힌디어보다 미적으로 더 우월하다고 생각한다)에 점점 더 깊이 심취하게 된 것에도 대처해야 한다. 나라의 분열이 진행되면서 이슬람교도들이 인도를 떠나고 힌두교도들이 새로 세워진 나라인 파키스탄을 떠나는 동안, 그리고 이 두 집단 간의 무력 충돌이 매일 같이 벌어지는 동안, 라자의 마음속은 자기 자신과 가족에 관한 부담감과 스트레스로 가득 차게 된다.

결국 라자는 외교관과 결혼하여 주로 해외에서 생활하고 있는 여동생 타라처럼 올드 델리를 떠나기로 결심한다. 그로 인해 다른 여동생인 빔라는 집에 남겨진 채 자폐증 증세가 있는 남동생 바바를 돌보면서 그들의 집과 이웃, 도시가 점점 쇠퇴해가는 모습을 지켜보게 된다. 그녀의 비통함은 점점 더 커져만 가다가, 결국 어떤 위기를 촉발하게 되는데, 그 부분은 소설을 직접 읽어보라고 권하고 싶다. 여기서 약간의 스포일러를 제공하면, 이야기의 어느 시점엔가 빔라는 잠을 제대로 잘 수 없다는 걸 느끼고 무작위로 책 한 권을 집어 든다. 그녀의 손에 들린 건 인도 최후의 무굴(이슬람교도) 황제의 삶을 다룬 《Life of Aurangzeb(아우랑제브의 삶)》란 책이다. 황제는 자신이 죽어간다는 사실을 알게 되었을 때, 가까운 친구에게 편지 한 통을 보낸다. 그 편지에는 이렇게 적혀 있다. "이제 나는 혼자서 가야 하네. 자네의 난감한 처지가 한탄스럽지만, 슬퍼해 봐야 무슨 소용이 있겠는가? 내가 가한 모든 고통과 내가 저지른 모든 죄, 내가 행한 모든 악행의 결과들을 내 어깨에 짊어지고 가려네. 빈손으로 세상에 왔지만 떠날 때는 이 엄청난 죄악의 짐 꾸러미를 지

함께 식사하기

고 가야 한다니, 참 이상한 일이지.”

　아우랑제브는 너그럽거나 관대한 군주는 아니었다. 그는 비이슬람교도는 물론 교리를 자신과 다르게 이해한 이슬람교도들까지 처형해서 백성들의 분노를 샀다. 그는 오랜 집권 기간 동안 반역자들을 짓밟는데 너무 많은 시간을 쏟았는데, 이는 주로 자신의 편협함에서 비롯된 것이었다. 빔라의 삶의 대부분이 이슬람교도와의 갈등에 의해 황폐화되었다는 점을 감안하면, 그녀는 결코 이 책의 이상적인 독자라 할 수 없다. 하지만 그럼에도 데사이의 책에서는 빔라가 방금 인용한 구절을 다 읽은 순간을 이렇게 말한다. “빔라의 마음은 마침내 고요해진 것 같았다.” 절대적인 고요 속에서 빔라는 자신 역시 엄청난 죄악의 짐 꾸러미를 짊어지고 있다는 것을, 힘닿는 데까지 비워내길 갈망하는 그런 짐 꾸러미를 짊어지고 있다는 것을 깨닫게 된다.

　나는 차이점들을 덮어주고, 빔라에게 무굴 황제와 자신 사이의 모든 갈등 요인들을 제쳐놓도록 한 것은 다름 아닌 시간의 손길이라고 생각한다. 만일 빔라가 집주인 알리로부터 그런 편지를 받았다면, 설령 그 편지의 문체가 왕의 편지 못지않게 유창했다 하더라도, 그녀는 아무런 위안도 얻지 못했을 것이다. 하지만 그녀와 아우랑제브 사이의 수 세기라는 엄청난 시간의 완충막 덕에 그녀는 아우랑제브를 단순히 자신의 긴 삶을 후회스럽게 되돌아보는 늙은 남자로, 그녀의 동정을 받을 가치가 있고, 그녀도 공감할 수 있는 한 명의 인간으로 바라볼 수 있게 했다. 세월과 종교, 성별의 간극을 넘나드는 상상력 넘치는 이런 참여가 그녀의 불안정한 마음을 차분하게 가라앉혀준 건, 그것이 빔라에게 자신의 상황을 보다 명료하게 바라볼 수 있도록 해주었기 때문이다. 이런 일은 예상하지 못했던 것인 만큼 그 효과 또한 더욱 강력했다.

훗날 빔라가 여동생 타라를 만났을 때, 그녀는 타라에게 사과를 건네지만, 타라는 "다 오래전에 지나간 일들이야"라고 말한다. 이에 대해 빔라는 "그 일은 결코 끝난 게 아니야. 아무것도 끝나지 않았다"라고 응수한다. 이 사실은 축복인 동시에 저주이기도 하다. 사람들을 옭아매며 상처를 주는 과거가 동시에 치유를 가능하게 하는 수단이 되기도 하기 때문이다. 실제로 사람들은 과거가 끝나기를 바라지만, 다른 한편으로는 과거가 끝나지 않았다는 것에 감사해한다. 이처럼 과거는 '부분적으로 완성'되었지만 끝나지는 않은 상태로 철저한 다름과 완전한 동일성 사이의 중간지대에 있다. 이것이 바로 시몬 베유가 "우리의 애착과 열정은 과거의 영원성에 대한 우리의 식별력을 그렇게 해치지 않는다"고 말한 이유다. 이런 적당한 거리 덕분에 우리는 진정으로 중요한 것(언제나 중요한 '영원한 것')을 볼 수 있는 것이다.

베유는 사람들이 과거를 되돌아볼 때 항상 찾고 있는 건 '현재의 우리보다 나은 것들'이라고 믿었다. 일부 사람들은 더 나은 것을 찾기 위해 미래를 내다보기도 하지만, 그녀는 "미래에서는 현재의 우리보다 나은 것을 찾을 수 없다"고 생각했다. 그건 단순히 미래는 아직 존재하지 않기 때문이다. 그녀는 이렇게 말했다. "미래는 텅 비어 있으며, 우리의 상상력으로 채워질 뿐이다. 상상력은 오직 자기 자신의 기준에 맞는 완전성만을 그려낼 수 있다. 그런데 그 기준은 우리만큼이나 불완전하며, 털끝만큼도 더 낫지 않다." 이 말은 '당신이 어디를 가든 그곳에는 당신이 있다'라는 여행의 한계에 관한 오래된 문구를 떠오르게 한다. 미래가 현재의 우리를 가르칠 수 없는 이유는 미래를 상상하는 것이 다름 아닌 우리 자신이기 때문이다.

1996년, 음악가 브라이언 이노*Brian Eno*와 컴퓨터 과학자 대니 힐리스*Danny Hillis*, 미래전망가 스튜어트 브랜드*Stewart*

*Brand*는 인간이 먼 미래를 내다볼 수 있기를 바라며 롱나우 재단*Long Now Foundation*을 설립했다. 재단의 웹사이트에는 이렇게 적혀 있다. "롱나우 재단은 점점 더 가속화되는 오늘날의 문화에 대한 대안을 제시하고, 장기적인 사고방식을 더 널리 확산하는 데 보탬이 되기를 희망합니다. 우리는 1만 년 앞을 내다보는 책임감을 함양하기를 희망합니다." 그리고 이노는 이렇게 말했다. "지속 가능한 미래에 기여하길 바란다면, 선조들을 무시하는 행동이 미숙하고 무례하며, 용납하기 어려운 것이라고 생각하는 그런 마음가짐을 지녀야 한다." 나는 이런 말들에 전적으로 동의한다. 하지만 만일 배유가 옳다면, 미래를 내다보는 인간의 능력은 상상력의 한계에 제한을 받으므로 과거의 증인들 또한 필요하다. 결국 시간의 대역폭은 양방향으로 동시에 확장되어야 한다. 미래만 내다보려 안간힘을 쓰기보다는 5천 년 후와 5천 년 전을 함께 고려하는 편이 좋다. 미래는 아직 존재하지 않으므로 이견 제시조차 할 수 없는 반면, 과거는 마땅히 알아야 할 사실들을 알려주긴 해도 앞을 내다볼 생각은 결코 못 할 것이기 때문이다.

배유는 자신보다 더 나은 무언가를 찾거나 영원한 것과 조우하기를 희망하는 사람들에게 과거의 글들이 유용할 것이라고 믿었다. 단순한 시간의 경과만으로도 영원한 것과 그렇지 못한 것을 어느 정도 구분할 수 있기 때문이다. 이건 그녀가 "과거의 것을 대할 때는 애착과 열정이 영원한 것에 관한 우리의 식별력을 그렇게 두텁게 흐려놓지는 못한다"라고 말한 직접적인 이유다. 그녀는 다음과 같은 말도 덧붙였다. "현재와 단절된 과거는 우리의 열망에 아무런 자양분도 공급해주지 못한다."

이것이 바로 빔라가 죽어가는 아우랑제브의 말에서 위안을 얻을 수 있었던 이유고, 2차 세계대전 발발 당시 베유가 《일리아드Iliad》*에 관한 에세이를 집필한 이유이기도 하다. 베유는 그녀 스스로 힘force(그것에 휩쓸린 사람을 사물로 뒤바꿔놓는 그 무언가)이라고 부른 것에 압도당하고, 사실상 거기 사로잡힌 사람으로서 《일리아드》를 읽는다. 그녀는 그 힘이 유럽 전역을 휩쓸면서 사람들을 집 밖으로 내몰고 그들 중 수백만 명을 '사물thing', 즉 시체로 만들어버리는 광경을 지켜본다. 파리로 피신했다가 결국 프랑스에서도 쫓

---

* 트로이 전쟁을 주제로 쓴 호메로스Homeros의 위대한 시에 관한 가장 유명하고 가장 영향력 있는 글들 가운데 하나로 영웅들의 활약상을 그리고 있다. 이 책에서 쓰인 '일리아드'는 영어식 표현이고, '일리아스Ilias'는 그리스식 표현이다.

겨나 전쟁 기간을 뉴욕에서 보내야 했던 베유의 부모들도 포함해서 말이다. 《일리아드》가 우리에게 끊임없이 보여주는 것은 바로 산 사람을 사물로 뒤바꿔놓는 무시무시한 변환의 과정이다.

그런 힘은 문명의 진보 덕에 곧 구시대의 유물이 될 것이라고 생각했던 몽상가들에게는 《일리아드》가 역사 문헌으로 읽힐 것이다. 반면, 인식 능력이 예리하고 인간 역사의 심장부에서 어제와 마찬가지로 오늘날에도 그 힘을 간지하는 사람들에게는 《일리아드》가 가장 순수하고 매력적인 거울로 모습을 드러낼 것이다.

하지만 현실을 비추는 이 거울을 찾기 위해 그렇게 먼 과거(《일라아드》를 집필한 고대 그리스)까지 거슬러 올라갈 필요가 있는 걸까? 2차 세계대전에서 불과 20년 전에 일어난 1차 세계대전이 유럽의 수많은 젊은 남성들을 죽이고, 무수한 소설과 시, 회고록 등을 양산해냈는데 말이다. 그 책들을 읽으면 되는 것 아닐까?

실제로 그 책들 중 상당수는 읽을 가치가 있는 책이고, 그들 중 일부는 걸작에 속한다. 하지만 이상하게도 1940년대 독자들의 감정을 사로잡는 그 책들의 힘 자체가 현실을 되비추는 그들의 능력에 제한을 가한다. 당시 많은 독자들은 대전쟁*great war*(1차 세계대전을 당시에는 이렇게 불렀다)을 기억하고 있었다. 그들의 아버지나 남동생, 연인, 아들 등이 전쟁에 참여했고, 죽임을 당했다. 따라서 전쟁에 관한 이야기들은 1940년대 독자들에게 그들이 느끼는 공포를 전해줄 수 있었다. 하지만 그런 이야기들이 《일리아드》와 같은 방식으로 보일 수 없었던 건, 그 힘이 인간 역사의 심장부에 어제와 마찬가지로 오늘날에도 자리 잡고 있다는 냉혹하고도 소름 끼치는 진실이었다.

안드로마케가 남편 헥토르에게 전장으로 되돌아가지 말아 달라고 애원할 때, 아킬레우스가 사랑하는 친구 파트로클로스의 죽음에 울분을 터뜨릴 때, 늙은 왕 프라이모스가 아들의 시체를 구걸하며 아들을 죽인 자 앞에 무릎을 꿇을 때, 강력한 전류가 수천 년의 세월을 가로질러 저쪽 전극에서 이쪽 전극으로 전달된다. 그토록 이상하고, 낯선 세계지만, 그곳의 사람들 역시 완강한 힘의 규칙을 잘 알고 있다. 끔찍한 연결 고리가 양자 간의 차이를 지우지 않은 채 고대 트로이의 언덕과 노르망디의 차가운 해안가를 이어준다. 그 연결 고리는 역사의 기묘한 연속성을 밝혀주고 드러내주지만, 거기에는 반드시 '다름'까지도 포함되어 있다. 《일리아드》를 '가장 매력적인 거울'로 만들어주는 건 바로 그 '다름을 받아들이는 것'이다.

과거의 죄악들

그런데 정말로 《일리아드》를 읽는 데 그만큼의 시간과 노력을 들일 가치가 있는 것일까? 시몬 베유가 극찬한 과거의 지혜를 얻기 위해 남성적 공격성을 예찬하고 여성들을 전리품 취급하는 세계를 못 본 척하거나, 심지어는 받아들여야 하는 것일까? 그 모든 이야기는 그리스 신화에 나오는 트로이 전쟁의 영웅 아가멤논에게 전리품을 빼앗긴, 트로이 전쟁을 진짜 승리로 이끈 아킬레우스가 그에 대해 반감을 품은 데서 시작되지 않는가? 여성도 같은 인간이라는 현대적 신념을 잠시 덮어두어야 하는 것일까? 그 대답은 한마디로 '아니다'다.

지난 수년 동안 우리는 오래된 책을 읽는 독자들에게 고전 문헌의 세계 속으로 들어갈 수 있도록 그들의 현대적 가정들을 잠시 덮어두라고 권유하는 말과 글을 많이 접해왔다. 하지만 이런 충고는 옳지 않다. 과연 어느 누가 진심으로 남편 페트루치오가 카타리나를 훌륭한 아내로 길들인다는 셰익스피어의《말괄량이 길들이기》를 읽은 여성들에게 주인 노릇을 하는 남성들에게 '길들여지는 것'이 여성의 존재 이유가 될 수 없다는 당신들의 신념을 잠시 덮어두어야 한다고 말할 수 있을까? 그 여성들에게 페트루치오의 관점이 결국 옳은 건 아닌지 고려해보라고 요청해야 하는 것일까? 아니다. 우리에게 필요한 건 우리의 가치들 중 단지 일부만을 지키는 것이 아니라 모든 가치를 유지하는 것이다.

여기서 다시 이디스 워튼의 반유대주의 성향에 놀란 학생에 관한 브라이언 모턴의 에세이와 인간을 낯선 문화를 연구하는 시대 인류학자 겸 과거 여행자로 간주해야 한다는 그의 주장으로 되돌아가 보기로 하자. 그는 학문적 거리를 두고 본다면 워튼의 반유대주의뿐만 아니라 그녀가 지닌 풍부한 재능들, 즉 그녀의 재치와 놀랄 정도로 정제된 문장, 인간 내면에 존재하는 도덕적 모순에 관한 그녀의 섬세한 생각, 역사적 순간의 잔혹함에 대한 그녀의 비평적 안목 또한 발견하게 될 것이라고 생각했다. 그리고 심지어 워튼이 그 당시 상황에 대해 반동적인 견해를 가지고 있었지만, 다른 면에서는 특히 당시 여성들이 그들에게 부과된 사회적 역할에 질식당하고 있다는 자각에서는 시대를 앞서 갔다는 사실 또한 깨닫게 될지도 모른다.

물론 '어떻게 사람이 특정한 불의에는 그토록 날카로운 비판을 가하면서 다른 불의에는 그토록 무감각할 수 있는 가?'라고 자문해볼 수도 있을 것이다. 하지만 오늘날 우리 가 만나는 사람들에 대해서도 결국 같은 생각을 하지 않는 가? 악덕과 덕, 어리석음과 지혜, 무지와 통찰 사이의 이 이 상한 조합은 인간의 기본적 조건이 아닐까? 좀 더 솔직히 이야기하자면, 내 조건인 동시에 당신의 조건이기도 한 것 아닐까?

현재주의와 선조들을 업신여기는 세태가 촉발한 것들 중에 그나마 도움이 되는 부작용이 있다면 모턴의 에세이 와 같은 다양한 지적인 반응들을 불러일으켰다는 것이다. 그것은 과거의 작품들(적어도 그중 일부)을 사랑하는 사람들 을 자극하여 눈앞의 불의를 직시하라는 현실의 요청에는 응답하는 한편, 낡은 책은 단순히 무시하거나 쓰레기통에 던져버리라는 요청은 거부하도록 만들었다. 또 다른 지적 인 반응은 영국의 철학자 줄리언 바지니Julian Baggini에게서 비롯되었는데, 그는 다음과 같은 글을 썼다.

과거의 위대한 사상가들을 예찬하는 건 도덕적으로 위험한 일이 되어버렸다. 칸트를 찬양해보라. 그러면 당신은 아마도 그가 가장 완전한 형태의 인류는 백인종이고 황인종인 인디언들은 재능이 변변치 않다고 믿었다는 사실을 떠올리도록 강요받을 것이다. 아리스토텔레스를 칭찬해보라. 그러면 어떻게 현자란 사람이 남성은 본성상 우월하고 여성은 열등하므로 남성은 지배자가 되어야 하고 여성은 피지배자가 되어야 한다고 생각할 수 있는지 설명해야 할 것이다. 내가 얼마 전에 시도한 것처럼 데이비드 흄을 기리는 찬사를 적어보라. 그러면 1753년에서 1754년 사이에 "나는 니그로들*negroes*(피부가 흑색 또는 갈색을 띤 인종), 그리고 인간의 다른 모든 종들 전반이 천성적으로 백인보다 열등한 건 아닌가 하는 의문을 자주 품는다"라는 글을 남긴 사람을 칭송한다고 비난받을 것이다.

바지니의 에세이 도입부에 등장하는 이 끔찍한 인용구들을 보고 있노라면, 곤경을 정면으로 마주하는 그의 태도에 찬사를 보내지 않을 수 없다. 그는 자신이 옹호하고자 하는 사람들의 악덕을 숨기지 않으며, 축소하지도 않는다.

바지니가 말하는 주된 주장은 이 인물들 중 그 누구도 반대되는 견해를 지지하는 사람들과 맞닥뜨리는 행운을 누리지 못했다는 것이다. 그들은 현대인들처럼 메리 울스턴크래프트와 버지니아 울프, 프레더릭 더글러스, 마틴 루서 킹 주니어의 글들에 손쉽게 접근하는 혜택을 누리지 못했다. 바지니는 이렇게 썼다. "칸트와 흄의 기호마저도 그들 시대의 산물이란 것은 실수와 악덕이 만연된 환경에서는 위대한 사람들조차 그런 폐해를 간과하곤 한다는 사실을 겸허하게 상기시켜준다." 이에 더하여 언급한 사상가들의 사례는 평범한 사람들(때로는 위대한 천재들조차)이 쉽게 걸려 넘어지는 인습(因習)의 덤불을 헤쳐나간 울스턴크래프트나 더글러스 같은 인물들의 재능과 용기가 얼마나 놀라운 것이었는지도 함께 상기시켜준다.

　　여기에서 정보 트리아쥬에 관한 초반부의 논의 내용을 되돌아봄으로써 어떻게 인습의 덤불이 그토록 크고 강하게 성장할 수 있는지 이해할 수 있다. 실로 그 누구도 '모든 것'에 대해 생각하지 않으며, 그 누구도 '모든 것'에 대해 생각할 수 없다. 인지 능력에는 한계가 명확한 만큼 충분히 심사숙고해보지 못한 주제들은 항상 널려 있기 마련이다. 그래서 대체로 주변 사람들이 믿는 바를 단순히 믿는 경향이 있다. 그런 견해들은 신념이란 용어로 불릴 자격조차 없는 것으로, 견해라기보다는 차라리 주변 소음에 더 가깝다. 배경에 항상 있지만 결코 인지되지는 않는, 깊이 있는 성찰의 대상이 되지 않는 내면의 소음 말이다.

여기 예가 하나 있다. 장담하건대, 언젠가는 후손들이 우리가 동물을 잡아먹었다는 사실 자체에 경악할 날이 올 것이다. 대체 어떻게 그토록 무분별하고 잔인할 수 있었던 것일까? 만일 누군가가 타임머신을 타고 미래로부터 와서 훈계조로 손가락질한다면 무슨 변명을 해야 할까? 채식주의자들이 의기양양하게 환호성을 지르는 동안, 나머지 사람들은 변명거리를 늘어놓아야 할 것이다. 아마 이렇게 변명할 것이다. "우리는 한 번도 그 문제를 진지하게 생각해 본적 없고, 어려서부터 고기를 먹어왔습니다. 그건 우리가 항상 해온 일이고, 식당이 고기반찬으로 가득 차 있어서 채식을 시도하는 건 힘든 일이었습니다. 게다가 우리에게는 그것 말고도 신경 써야 할 더 중요한 문제들이 너무나도 많았습니다." 이런 말을 늘어놓는 이유는 그것이 오랜 세월 동안 우리 자신에게 반복해온 말들이기 때문이다.

하지만 미래에서 온 그 사람이, 예컨대 채식주의가 거의 알려져 있지 않던 1500년대의 영국 런던으로 훨씬 더 멀리

과거의 죄악들

되돌아간다고 상상해보자. 그 지역 사람들이 과연 미래에서 온 그 사람의 훈계를 이해할 수 있을까? 기존 관습에 대한 대안들을 마음속에 품으려면 특정한 문화적 환경이 이미 어느 정도 조성되어 있어야만 한다. 철학자인 토머스 네이글은 서평 위주의 문예지인 《뉴욕 리뷰 오브 북스》에 다음과 같은 글을 기고한 바 있다.

> 고기를 얻기 위해 동물들을 죽이는 것이 옳은지 여부는 우리 시대에 의견이 가장 많이 갈리는 문제들 중 하나다. 하지만 수십 년 후, 배양육(클린미트, 인조육 등으로 불리기도 한다)의 생산 비용이 기존 육류의 생산 비용보다 더 저렴해지고 맛에도 별 차이가 없게 되었을 때, 이 문제가 고려할 가치조차 없는 것으로 여겨지더라도 놀라서는 안 된다. 이런 일이 실제로 벌어진다면 현재 식습관은 더는 미식적인 측면에서 필수적이지 않은 만큼 순식간에 도덕적으로 상상하기 힘든 일로 탈바꿈할 것이다.

한마디로 기술의 발달로 인해 해결책에 대한 접근이 더 용이해질 때, 특정한 도덕적 문제들은 훨씬 더 쉽게 결론날 것이란 이야기다. 당신이 먹는 유일한 채소가 당신의 오두

막에서 수십 킬로미터 떨어진 곳에서만 자란다면, 채식주의자가 되는 건 훨씬 더 힘든 일이 될 것이다. 기술이 바람직한 선택들을 뒷받침해주지 않을 때, 인간은 몸부림치게 된다. 즉, 정보 트리아쥬 작업을 실행한다. 일부 결정들은 목록의 꼭대기에 배치하는 반면, 다른 결정들은 훨씬 더 아래에다 놓는다. 이런 맥락에서 존 듀이는 한 세기 전에 이런 글을 썼다. "우리가 아주 잘 아는 일부 문제들이 과거 시대에 외면당할 수 있었다는 사실은 믿기 힘든 일로 다가온다. 우리는 조상들의 선천적 어리석음을 탓하고 우리 자신의 지적 우월성을 가정하는 깃으로 이 문제를 해명하길 좋아한다. 하지만 진실은 그들 삶의 양식이 그런 문제들에 대한 관심을 요청해오지 않았다는 것이다. 그들은 다른 문제들에 몰두하고 있었다."

그럼에도 불구하고 선택과 결정을 위한 더 나은 전략들은 갖출 필요가 있다. 우리가 받은 디폴트 값들defaults이 스스로 거의 인식하지 못하는 대가를 치르게 하고 있기 때문이다. 이 책의 목적들 중 하나는 그런 대가를 더 인식하도록 하는 것이다. 예를 들어 워드 프로그램은 쉽게 교체할 수 없는 디폴트 폰트를 제공하고, 디지털 온도조절장치는 변경 방법을 알아내기 힘든 초기설정 온도를 제공하며, 소셜 미디어 피드는 모든 사람들이 관심을 갖는 주제, 즉 오늘 일어난 일과 관련된 것에 흥미를 보일 것이라고 가정하는 경향이 있다. 어쩌면 이런 디폴트 값을 바꾸는 것이 가능하다는 사실조차 모를지도 모른다. 물론 그렇게 할 시간과 에너지가 부족한 것일 수도 있다. 아무튼 이런 식으로 디폴트 값들은 그들 스스로 단순히 반영만 할 뿐이라고 주장하는 현재주의를 계속해서 더 강화한다. 하지만 과거의 글들을 읽고 그것에 대해 숙고하다 보면, 사람들의 관심을 현재의 것들에 붙잡아두는 그 두텁고 질긴 덩굴을 잘라낼 수 있을 것이다. 그리고 결과적으로 사람들의 관심은 더욱더 자유로워질 것이다.

수년 전, 블로거 겸 과학기술 전문가인 얼리사 밴스Alyssa Vance는 지극히도 유용한 구분법 하나를 제안했다. 긍정적 선택과 부정적 선택 사이의 구분이다. 밴스는 인재 선발(스포츠팀을 꾸리기 위해 선수들을 선발하는 일과 같은) 업무에 종사하는 사람들이 지원자들이 할 수 있는 일을 중시하는 긍정적 선택에 초점을 맞출 수도 있고, 할 수 없는 일을 중시하는 부정적 선택에 초점을 맞출 수도 있다고 지적했다. 이 경우 긍정적 선택은 장점을 권장하는 것과 관련되고, 부정적 선택은 단점을 제거하는 것과 관련된다. 밴스는 다양한 사회

기관들 중 특히 대학을 예로 들어가면서 학문적 삶이 부정적 선택을 중심으로 구축되어 나간다고 주장했다. 여기서 문제가 되는 건 학부 과정 진학이나, 대학원 진학, 박사 과정 승인, 강사직 취득, 정교수 임용 등일 수도 있지만, 기본적인 원칙은 대체로 동일하다. 바로 '탈락자 명단에 올라갈 지원자의 결점을 모두 찾아내라'다. 밴스가 직접 이런 말을 한 건 아니지만, 수많은 정보 트리아쥬 작업이 요청되는 상황(정보 과부하와 사회적 가속화의 영향을 받는 상황)에서 자연히 부정적 선택 쪽으로 기울게 된다고 생각한다. 그것이 선택자로서의 우리의 삶을 훨씬 더 쉽게 만들어주기 때문이다.

스콧 알렉산더는 밴스의 구분법을 과거의 인물들을 평가하는 방법에 적용하여 그것이 얼마나 큰 손실을 가져오는지 보여주었다. 예컨대 부정적 선택에 초점을 맞출 경우 뉴턴을 거부하게 되는데, 이는 그가 성서 속에 숨겨진 메시지들에 관한 괴상하고 그릇된 견해들을 품고 있기 때문이다. 이와 마찬가지로 반유대주의를 문제 삼아 이디스 워튼을 거부하게 될 것이고, 인종주의를 빌미로 데이비드 흄을 거부하게 될 것이며, 성차별주의를 명목으로 아리스토텔레스를 거부할 것이다. 이렇게 사람들의 관심을 끄는 후보자들의 수가 계속해서 줄어들면서(이것이 부정적 선택이 목표하는 바다), 이 과정에서 뛰어난 인물들마저 벌레 취급하고 말 것이다. 이보다 더 큰 문제는 후보자들의 범위가 점점 더 좁혀져 그 폭이 지나치게 좁게 된다는 것이다. 또한 그 범위 내에 있는 작가나 책들은 분명 사고의 폭에 있어서도 그만큼 협소할 수밖에 없다. 결과적으로 손쉽게 관리할 수 있고 내용상으로도 별 차이가 나지 않는 개념들의 꾸러미만 손에 쥐게 된다.

그러므로 현시대의 인물들을 판단하는 것과 똑같은 방식으로, 즉 행동이 선한지 악한지, 고결한지 악랄한지 여부에 따라 과거의 인물들을 판단해야 한다(카타리나를 대하는 페트루치오의 태도를 학대라고 부르는 관객은 틀리지 않았다, 흄이 철저한 인종주의자였다고 말하는 독자는 틀리지 않았다 등). 다만 과거를 무시하는 요즘 사람들의 태도와 관련해 문제를 제기하고 싶은 부분은 역사적 인물의 다양한 인격 요소들 가운데 특정한 한 측면만 선택해서 지나치게 심각하게 받아들인다는 것이다. 사람들은 오직 지금 이 순간의 주된 관심사를 반영하는 그런 요소들만 고려하는 경향이 있는데, 그런 것들은 사실 인간을 판단할 때 고려해야 할 유일한 것이 아니다. 과거의 인물들을 대할 때, 마치 밴스와 알렉산더가 지적했듯이 일류 대학의 입학 사정관들처럼 행동한다. 즉, 그들의 이름을 탈락자 명단에 올릴 방법을 찾는 데만 몰두한다. 게다가 정확히 똑같은 이유로 이와 같은 일을 한다. 데이터에 완전히 압도당한 채 쏟아져 들어오는 정보에 속수무책으로 휘둘리기 때문에 정보의 양을 제한하기 위해 할 수 있는 일이라면 그것이 무엇이든 일단 하고 보는 것이다. 이건 충분히 이해할 만한 일이지만, 동시에 부당하고 불공평한 일이기도 하다. 교정시설에서 일하는 사람들이 종종 말하듯 그 누구도 자신이 한 최악의 행동에 의해 규정되어서는 안 된다. 사람을 전체로 바라봐야 한다. 물론 이렇게 하면 일이 더 복잡해지긴 하겠지만, 결국에는 그 일로부터 더 큰 보람을 끌어낼 수 있을 것이다.

이제 이런 관점에서 미국을 건국한 인물들을 고려해보기 바란다. 내 생각에 우리가 그들에 대해 말할 수 있는 건, 그들이 자신들이 내세운 건국이념의 함의를 결코 완전히 이해하지 못했다는 것이다. 두말할 필요 없이, 미국 건국의 아버지라 불리는 조지 워싱턴*George Washington*과 토머스 제퍼슨*Thomas Jefferson*은 그들이 미국 독립 선언서에서, 그리고 훗날 헌법에서 제시한 이념들이 노예 제도와 절대 양립할 수 없다는 사실을 깨달았어야 했다. 하지만 그들이 그 이념들을 그렇게 강력하게 표명하지 않았다면, 노예 제도는 그토록 자주 도전받지 않았을 것이고, 그토록 자주 사회적 경멸의 대상이 되지도 않았을 것이다. 미국 독립 선언서가 작성된 그 시기에는 핵심 이념들(모든 인간은 평등하게 창조되었고, 사회적 차별과 사회적 위계는 우주의 본질적인 측면이 아니라는 것)이 결코 당연시되지 않았다는 사실도 기억해둘 필요가 있다. 실제로 그 이념들은 왕과 귀족 계층의 권한과 하위 계층에 대한 그들의 사회적, 법적 우월성이 신에게서 비롯된 것이라고 믿는 사람들에게 치열하게 도전받아 왔다.

아니면, 정치 관련 책자들 중 가장 유명하고 오래 영향력을 행사한 '아레오파지티카Areopagitica*'를 고려해보기 바란다. 이 문서에서 셰익스피어에 버금가는 대大시인으로 평가받는 존 밀턴John Milton은 엄격하게 논리적이면서도 지극히 열정적인 어조로 가장 터무니없는 정치적 견해에 대해서조차 표현의 자유를 보장해달라고 호소한다. 그의 주장에 의하면 자유로운 표현이 용인된다면 그 자유가 미덕을 시험하는 것과 진리를 발휘하는 것 둘 다에 있어서 공헌하게 될 것이고, 모든 것이 강제되기보다는 많은 것이 용인되는

---

* '출판의 자유를 옹호하는 존 밀턴의 영국 의회 연설문(1644)'인 이 문헌은 제목과 달리 연설문은 아니었다.

것이 더 건전하고, 더 진중하며, 더 기독교적인 것이기 때문이다. 이는 경이롭고, 아름답고, 설득력 있다. 그런데 바로 다음 문장에 밀턴은 이렇게 쓴다. "그러니까 내 말은 공공연한 미신인 교황 제도는 용인되어서는 안 된다는 뜻이다. 이 제도는 모든 종교적 자유와 문민 우위 원칙을 억누르므로 그 자체로 폐기되어야 한다." 즉, 천주교도들에게는 출판의 자유를 허용해선 안 된다고 한다. 게다가 그는 계속해서 이렇게 말한다. "믿음에 대해 불경스럽고 유해한 태도와 정상적인 법률이라면 허용하지 않을 그 어떤 불법적인 태도들도 용인되어선 안 된다." 이쯤 되면 밀턴식 자유체제 하에서 자유롭게 출판할 수 있는 출판물이 있기나 한 건지 의문을 품게 될 것이다.

하지만 그럼에도 '아레오파지티카'에 담긴 주장은 당시로서는 상당히 파격적이었다. 당시 영국의 왕이었던 찰스 1세는 의회에 충성하는 세력들에 의해 런던 밖으로 쫓겨나 있었고, 영국 의회는 밀턴과 같은 부류의 개신교도들에게 장악당한 상태였다. 이들은 기존 체제에 반대하는 목소리를 내는 자들을 억압하거나 처형해온 궁중 권력에 대한 두려움 속에서 살아온 인물들로, 주교가 중심이 되는 영국의 성공회에 깊은 회의감을 품고 있었다. 그래서 의회의 지도

자들은 최대한 신속하게 기존의 검열 제도를 무력화한 뒤, 이를 출판물 규제를 위한 1643년도 법령으로 대체시켰다. 기본적으로 그들은 왕의 체제를 모방했지만, 정반대로 뒤바꿔놓았다. 찰스 왕의 지배하에서는 주교 체제에 반대하는 목소리를 내는 것이 금지되었지만, 이제는 반대로 그 체제를 옹호하는 목소리를 내는 것이 금지된 것이다.

밀턴의 책자는 오래된 독재를 그대로 답습하는 이런 태도에 정식으로 문제를 제기한 것으로, 당시까지 왕정주의자나 의회주의자가 상상해온 것보다 훨씬 더 큰 표현의 자유를 허용해야 한다고 주장한다. 현재의 우리에게는 천주교도와 신성모독자들의 자유를 부인한 밀턴의 태도가 너무나도 터무니없어 보이지만, 그의 동료였던 급진주의 개신교도들에게 진정으로 터무니없는 일은 주교를 사랑하는 적들에게 출판의 자유를 허용하는 것이었다. 그들은 그들 이전과 이후의 왕정주의자들이 그랬던 것처럼 출판과 표현의 자유가 사회적 무질서 상태를 초래한다고 생각했다.

그런데 여기서 중요한 건 그들이 틀리지 않았다는 사실이다. 정부에 의해 정보의 유통이 통제되는 사회는 진짜 정보와 허위 정보가 난무하는 사회보다 더 질서 잡힌 사회가 될 것이란 것은 거의 확실하다. 그리고 그 통제가 완전하면 완전할수록 사회의 질서도 그만큼 더 완벽해진다. 그런데 사회 내에서 출판물의 허용범위에 대해 논쟁을 벌인 영국의 정치가들과 사상가들은 자신들의 나라가 지난 세기 내내 국가의 성격과 종교를 둘러싼 공격적인 논쟁으로 끊임없는 곤욕을 치렀다는 점을 잘 알고 있었다. 또한 그들은 영국 해협 저편을 보며 30년 동안의 전쟁으로 분열되어온 유럽 대륙의 추세를 예의주시하고 있었다. 사회적 무질서가 초래될 가능성은 단순히 이론적인 측면만은 아니었다.

게다가 그들의 눈앞에 놓인 질문은 선과 악의 문제가 아니라 선이라고 주장하는 두 세력 간의 우위 나툼 문제였다. 이런 사정도 모른 채 출판의 자유에 관한 밀턴의 주장의 한계점만 눈여겨본다면, 그리고 영국 내전 당시 밀턴의 편이었던 수많은 사람들이 왜 그의 주장을 지나친 것으로 간주했는지 이해하지 못한다면, 부분적으로 완성된 차이점을 지닌 역사가 우리에게 전하는 교훈을 배울 수 없게 되고, 결과적으로는 역사나 두 세력 간의 우위 다툼 문제(선과 악의 문제가 아니라)를 주로 고려하는 현시대의 정치적 논쟁을 간파하는 데 필요한 인격의 밀도를 갖추지 못하게 된다.

밀턴과 미국의 건국자들에게는 공통점이 하나 있는데, 훗날 자신들을 비난하는 데 사용될 이 이념들을 가장 앞서서 가장 열정적으로 지지한 사람들이었다는 점이다. 그들은 그들 스스로 걸어 들어가지 않기로 선택한 그 문을 열어젖힌 사람들이었다. 이런 맥락에서 영국의 역사가 베로니카 웨지우드C. V. Wedgwood는 영국 내전을 다룬 자신의 책* 서문에 이렇게 썼다. "이 갈등을 낳은 가장 고차원적 이상들은 고귀한 것이었다. 그 이상을 위해 싸우거나 일한 사람들은 그 이상보다는 덜 고귀했고, 최상의 인간들도 최고의 덕성을 유지하며 일관된 삶을 살지 못하는 만큼, 대부분의 사람들은 그보다 훨씬 더 부도덕한 삶을 살았다." 웨지우드를 진정으로 위대한 역사가로 만들어주는 자질들 중 하나는 도처에 만연된 인간적 결점들을 냉정하게 응시하는 이런 객관적 명료함이다. 그녀는 그 결점들에 결코 놀라지 않으며, 그 결점들을 절대 과장하지도 않는다. 그녀는 "인간의 약점을 바라보는 냉소적 시각은 역사가에게 아무런 도움도 안 된다"라고 했다.

여러모로 이것은 인간적인 약점이다. 즉, 인간은 다소 비일관적이고 변덕스러우며, 자신이 떠올린 가장 탁월하고

---

* 〈The English Civil War(영국 내전)〉 시리즈로 《왕의 평화》, 《왕의 전쟁》, 《찰스 1세의 재판》 총 세 권으로 되어 있다. 여기서 언급한 내용은 《왕의 평화》다.

강력한 생각의 완전한 함의로부터 움츠러드는 경향이 있다. 워싱턴과 제퍼슨, 밀턴이라고 달라야 할 이유가 무엇이란 말인가? 그러므로 그들의 삶이 자신들의 이상에 부합하지 않았다는 것에 놀라서는 안 된다. 대신 그들이 당시와 같은 시대적 상황 속에서 그런 이상들을 지지할 수 있었다는 사실 자체에 놀라야 한다. 그들은 자유와 정의의 방향으로 세상을 좀 더 밀어붙인 사람들이었다. 우리들 중 이런 찬사를 들을 수 있는 사람이 과연 몇이나 될까?

물론 그런 결점들을 대수롭지 않게 생각하는 태도가 '부끄러운 무관심shameful indifference'으로 보일지도 모르지만, 이건 매우 유용한 태도다. 만일 도처에 만연된 이 보편적인 모순, 우리와 똑같이 보거나 행동하거나 믿는 사람들의 관심을 넘어서지 못하는 그 한계를 보편적인 것으로 이해한다면, 아마도 그런 태도의 영향을 받지 않는다는 잘못된 신념을 훨씬 덜 품게 될 것이다. 우리 자신도 그와 같은 종류의 유혹과 취약성에 휘둘릴 수 있다는 사실을 인식하게 되는 것이다. 그리고 이를 인식한다면 자기 자신을 용서하는 것처럼, 다른 사람들의 취약성도 용서할 수 있다. 만일 당신이 기독교인들이 말하듯, '죄는 미워하되 죄인은 미워하지 않는 것'이 어떻게 가능한지 묻는다면, 그 대답은 간단하다. 그것은 자신을 매일 그렇게 대하고 있기 때문이다.

여기서 나는 이 주제와 관련된 우화 하나를 소개하고자 한다. 인류학자 클로드 레비스트로스Claude Levi-Strauss의 탁월하고 독창적인 회고록인 《슬픈 열대Tristes Tropiques》*를 보면, 저자가 카리브해 지역의 럼주 증류업자를 만난 이야기가 나온다. 마르티니크에 갔을 때, 그는 "18세기부터 전해져 내려온 도구와 제조법을 사용하는 소박하고 허름한 럼주 증류업자를 만난 적 있다"고 말한다. 이와는 대조적으로 푸에르토리코에서 만난 럼주 증류업자는 흰색 에나멜 탱크와 크롬 파이프로 된 철저히 현대적인 도구를 갖추고 있었다. 그는 이에 대해 다음과 같이 이야기한다. "찌꺼기로 뒤덮인 오래된 나무통 앞에서 맛본 다양한 종류의 마르티니크 산 럼주들은 맛이 그윽하고 향기로웠지만, 푸에르토리코에서 맛본 럼주들은 하나같이 거칠고 독하기만 했다." 이 같은 대비는 레비스트로스에게 보다 일반적인 교훈을 시사해주는데, 그는 그것을 '문명의 역설the paradox of civilization'이라고 불렀다.

---

* 남아메리카 원주민들의 삶을 조사한 책으로, 가장 자연적인 상태 그대로 살아가는 네 부족을 통해 원시사회와 문화가 우리와 다를 바 없음을 보여준다.

이런 사실이 개울물을 정화해야 할 우리의 책임까지 면제해주는 건 아니지만, 그것의 매력은 본질적으로 그 속에 섞인 다양한 잔여물들에서 비롯된 것이었다. 우리가 합리적으로 생산량을 늘려서 제조비용을 낮추려고 하는 건 옳은 일이다. 하지만 제거하려 애쓰는 그 불완전성을 소중히 여길 줄도 알아야 한다. 사회적 삶은 거기에 풍미를 더해주는 요인을 파괴하는 것으로 성립된다.

내게는 이런 현상이 모든 사회적 발달 과정의 운명인 것처럼 보인다. 비록 사람들은 그 사실을 인정하기 싫어하지만 말이다. 대가를 지불하지 않고 혜택을 얻고자 하는 욕망은 지극히 인간 본성에 가깝다. 사람들은 새로운 문제를 일으키지 않고도 특정한 문제들을 해결할 수 있다고 믿고 싶어 하며, 특히 생산적인 변화를 거부하는 사람들 앞에서는 이런 운명을 인정하길 더욱더 꺼린다. 우리 측에서 먼저 그들에게 '애초에 변화를 일으키지 말았어야 해'라고 주장하게 할 빌미를 제공하지 않는다면 말이다.*

나는 공민권 운동*civil rights movement*(1950~60년대 미국 흑인 평등권 운동)이 절정에 달해 있던, 분노와 영웅주의 시대에 앨라배마주 버밍엄 지역에서 성장했다. 우리 집은 알코올 중

독과 폭력으로 심하게 상처 입은 가정이었다. 내 어린 시절 대부분 동안 아버지는 감옥에 가 있었고, 어머니는 생계를 꾸리기 위해 오랜 시간 일을 해야 했다. 내 세계는 너무나도 좁게 제한되어 있었고, 넓어질 기미 같은 건 보이지 않았다. 그래서 나는 경제적, 직업적 성장의 기회를 제공해준 사회 질서에 너무나도 감사한다. 그 질서는 내게 열린 문들을 보여주면서 그 문들을 통과할 수 있도록 격려해주었다. 그런데 만일 내가 그와 같은 변화를 위해 대가를 지불해야 했다는 사실을 부인한다면, 나는 독자들과 나 자신에게 거짓말을 하는 셈이 될 것이다. 나는 부모님과 조부모님들에게 가족애를 거의 느껴보지 못했고, 평생에 걸친 우정 같은 것도 경험해보지 못했다. 그렇다고 해서 내가 과거 삶을 후회한다는 건 아니지만, 내가 놓친 것들을 직시하는 건 나 자신을 위해 좋은 일이다. 그것은 적절한 보상과 위안을 찾는 하나의 방법이 되어줄 수 있기 때문이다.

아마도 개인적 차원에서 내게 진실인 것은 어떤 식으로든 우리 모두에게 진실일 것이고, 나아가 문화적 차원에서도 진실일 것이다. 문화는 사람들을 대신해서 특정한 결정들을 해왔으며, 우리들은 그 결정에 각기 다양한 정도로 참여해왔다. 그러므로 그 결정에 완전히 동의한 경우라 하더라도 그 결정의 대가를 받아들이는 것을 두려워해서는 안 된다. 즉, 우리 스스로 옛 방식을 버리는 데 동의했다 하더라도, 우리가 만든 럼주가 오래된 방식으로 만든 럼주보다 풍미가 부족하다는 사실을 기꺼이 인정해야 한다. 오직 그렇게 할 때 우리가 뒤에 남겨둔 것에 대한 적절한 보상과 위안을 찾을 수 있다.

만일 '원치 않는 것들을 전부 남겨둔 채 과거(개인적 과거나 문화적 과거)의 모든 좋은 것들을 가져갈 수 있다'고 생각하는 것이 어리석음이라면, '과거의 잘못과 실수들을 교정한다면 그 세계에 풍미를 제공한 것까지 전부 잃게 될 것'이라고 생각하는 건 또 다른 종류의 어리석음이다. 지혜는 분별력에 있으며, 공상적 이상과 과거에 대한 집착 모두는 그와 같은 분별에 눈을 감는 나름의 방식들에 불과하다.

차이 없는 과거

◈◈

배움 | 과거로부터의 교훈

　지금까지 비판해온 현재주의자들, 시간의 대역폭이 매 순간으로 좁혀진 이 사람들의 정반대 편에는 누가 있을까? 반물질antimatter(물질과 짝을 이루는 개념으로 물질과 반물질이 만나면 서로를 소멸시키며 에너지로 전환된다.―옮긴이)에 대응하는 물질은 과연 무엇일까? 19세기 독일인인 하인리히 슐리만 Heinrich Schliemann을 예로 들어 보겠다. 그는 사업가에서 고고학자로 전향한 인물로 '트로이의 발견자'로 널리 알려졌다. 슐리만은 '그리스적'인 것에 사로잡힌 사람이었다. 그는 그리스 여성과 결혼하기 위해 첫 번째 아내와 이혼했고, 아이들(그들의 이름은 각각 안드로마케, 트로이, 아가멤논이다)에게 세례할 때 그들 머리 위에 《일리아드》를 든 채 그 구절들을 암송했다. 한때는 발굴 작업을 하다가 황금으로 된 마스크를 발견하고는 "나는 아가멤논의 얼굴을 보았노라"고 선언하기도 했다. 당연히 그 마스크는 아가멤논의 것이 아닌 것으로 밝혀졌지만, 그는 자신이 정말로 왕의 얼굴을 마주했다고 믿었다. 자신의 세계와 자기가 그토록 사랑한 고대 그리스 세계 사이의 거리를 없애는 데 성공했다고 믿은 것이다.

이런 슐리만의 관점은 극단적인 현재주의만큼이나 시간의 대역폭을 축소시킨다. '지금'을 확장하는 일은 먼 과거를 마치 현재인 양 취급함으로써 이루어지는 것이 아니다. 과거와 현재의 공통점은 물론 차이점까지도 온전히 인정할 때 비로소 완수될 수 있다. 고대 왕의 이름을 따서 아들의 이름을 짓는다고 해서 그 거리를 좁힐 수는 없다.

그리스적인 것에 대한 슐리만의 사랑은 때때로 그를 잘못된 방향으로 이끌었으며, 그의 이해를 돕기보다는 오히려 방해하곤 했다.《일리아드》를 주의 깊게 읽어 본 사람이라면 그 누구도 자기 아들의 이름을 아가멤논이라고 짓지 않을 것이다. 아가멤논은 치명적 실수를 연달아 저지른 끔찍한 왕으로, 전쟁에서 운 좋게 살아남아(포열선砲列線, 즉 최전방 밖에 있을 수 있는 왕으로서의 특권을 내세움으로써) 집까지 비틀거리며 먼 길을 달려왔지만, 결국 자기 아내에게 살해당한다. 아마도 그는 아내가 딸을 신들의 제물로 바친 그에게 큰 불만을 품고 있었다는 것을 예상하지 못했을 것이다. 그 어떤 부모가 이런 사람의 이름을 자기 자식에게 주고 싶어 하겠는가? 하지만 슐리만은 그리스적인 것에 심취해 핵심적인 사항들을 놓치고 만 것이다.

물론 슐리만의 이야기는 극단적인 사례다. 비록 그를 극단적으로 만든 것이 전형적으로 종교적 성격을 띤 과거 문화의 세속적*secular* 측면하고만 연관된 것이긴 하지만 말이다. 그런데 유대교와 기독교, 이슬람교도들은 좀 다르다. 그들은 자신들의 성전이 수 세기를 가로질러 그들에게 다소간 직접적인 방식으로 말을 걸어올 수 있다고 가정하는 경향이 있다. 경전이 지배적 역할을 하지 않는 불교와 힌두교, 도교의 경우에는 사정이 좀 다르긴 하지만, 실제로 시간과 문화적 거리를 초월하는 능력은 종교의 성전을 좀 더 성스럽게 만드는 특성들 가운데 하나다.

1942년, 크리스마스 오라토리오*christmas oratorio*(성경 내용을 음악과 함께 연출한 종교극에 오페라 요소를 가미한 성담극)인 〈한동안*For the Time Being*〉을 집필하던 위스턴 휴 오든은 아버지에게 책 한 권을 보냈다가 아버지가 그 시에 당황하고 좌절했다는 이야기를 듣고 놀랐다. 당시 은퇴한 의사이자 인기 저술가였던 아버지 오든 박사가 못마땅해 한 건 그 시가 고대 세계와 현대 세계 사이의 경계를 흐려놓는 방식이었다. 예

를 들어 헤롯 대왕이 화자로 등장하는 부분에서 유대인 왕
은 서점과 공중 곡예사들에 대해 언급한다.

아들 오든은 그런 접근법을 시도한 것이 자신이 처음은
아니라며 "18세기에 이르기까지 이탈리아 회화나 종교극
등에 널리 도입되어온 기법이다"라고 답장을 보냈다. 이건
사실이다. 중세 영국의 종교극(성서의 이야기들을 재연하는 연극)
에 등장하는 성서 속 인물들은 당시 영국인들처럼 말하고,
행동하고, 옷을 입었다. 또한 르네상스 시기의 많은 회화 작
품들에 등장하는 성서 속 인물들도 그 화가가 속한 시대의
일반인들처럼 옷을 입은 채 팔레스타인보다는 유럽에 더
가까운 배경 앞에서 자세를 취하고 있었다. 그렇지만 아들
오든은 그 방법을 20세기에 똑같이 적용하는 것이 위험할
수 있다는 점은 인정했다. 그는 이렇게 썼다. "오래된 방법
을 적용하는 것이 이상해보인다면, 그건 아마도 부분적으
로는 산업화로 인해 역사적 변화의 속도가 가속화되었기
때문일 것입니다. 기원후 30년과 1600년 사이의 생활상의
차이보다 1600년과 1942년 사이의 차이가 훨씬 더 크겠지
요." 어떤 시간과 장소에서든지 간에 성서 속 인물들은 르
네상스 시대 사람들처럼 차려입는 것이 정장에다 구두를
신는 것보다 훨씬 더 자연스러울 것이다.

오든이 이처럼 명백하게 비역사적인 접근법을 채택한 이유는 그의 글이 성서 이야기에 근거를 둔 것이었기 때문이다. 그는 이렇게 말했다. "그 목동들shepherds이 목동들이었다는 역사적 사실은 종교적 우연일 뿐입니다. 종교적 사실은 그들이 당시 세계의 가난하고 초라한 사람들이었다는 점, 요즘으로 치자면 도시의 임금 노동자 정도 되는 그런 사람들이었다는 점입니다. 다른 모든 등장인물들도 마찬가지일 것입니다." 오든은 만일 기독교가 언제나 모든 곳에서 진실이라면 성서의 주제들을 자기 시대의 경험에 맞게 번역하는 방법을 찾아야 한다고 생각했다. 오든은 무슨 수를 써서라도 자신의 작품이 시대극으로 전락하는 것만은 피하고 싶었다. 베로니카 웨지우드도 그런 종류의 시대극에 대해 이렇게 비평한 바 있다. "과거를 순전히 연극 공연으로서만 바라보도록 부추기는 그런 작품들은 낭만주의적 악덕의 전형이다. 그런 시대극에 등장하는 인물들은 일상적 삶의 혼란과 고뇌로부터 완전히 동떨어진 채, 고풍스러운 세트장을 배경으로 고상한 몸짓만 꼭두각시처럼 반복할 따름이다." 이런 것보다는 차라리 시대와 동떨어진 비즈니스 정장이 더 낫다는 것이다.

하지만 문자 해석의 문제, 즉 역사 문헌에 기반을 둔 종교들이 요구해오는 과거 언어에 대한 독특한 존중의 태도는 특수한 사례에 해당되는 것인 만큼 이 책에서는 더는 다루지 않겠다. 앞서 잠시 이를 이야기한 건 그것이 세계의 많은 문화권에서 오래도록 중요한 문제로 인식되어 왔기 때문이기도 하고, 하인리히 슐리만의 유별난 특징 한 가지를 환기시켜주기 위해서다. 즉, 그는 세속적인 역사를 마치 성스러운 경구 대하듯 받아들였다. 분명한 건 이건 그리 좋은 생각이 아니다.

과거에 발굴해낼 수 있는(인격의 밀도를 증대시켜주는) 보물들이 묻혀 있다고 믿기 위해 반드시 슐리만처럼 되어야 하는 것은 아니다. 과거를 공부하다 보면 선조들이 그들의 과거를 어떻게 생각했는지에 대해서 배울 수 있다. 대체로 그들은 우리와 같은 종류의 역사의식(중세적이라는 말속에 담아내는 경멸적 의미 등)을 지니고 있지는 않았다. 과거로부터의 이런 거리감과 이질감을 느끼지 않는 사람들이라면 오든 박사와 같은 그런 민감한 반응을 내보이지는 않을 것이다.

지난 2천여 년에 걸쳐 서양 사람들은 과거 유명인들의 행동거지를 본받는 것이 삶의 도전들을 헤쳐나가는 최상의 수단이라고 믿어왔다. 여기서 말하는 것은 예수나 아브라함, 노자, 붓다 등에 의지하는 종교적 태도가 아니라, 세상이란 무대 위의 주연 배우들을 본보기로 삼는 보다 세속적인 태도에 대한 이야기다. 이런 태도는 그 인물이 선하든 악하든 상관없이 적용되었는데, 과거로부터 추구해야 할 올바른 방향뿐만 아니라 본받지 말아야 할 것들에 대해서도 배울 수 있기 때문이다.

니콜로 마키아벨리가 고향인 피렌체에서 추방되어 촌사람들과 함께 시골에서 살게 되었을 당시, 그는 자신이 그 사람들과 의미 없는 논쟁을 벌이곤 했다는 사실을 인정했다. 하지만 저녁 무렵에 대해서는 이렇게 언급했다.

저녁이 되면 나는 집으로 돌아와 서재로 들어갔다. 문 앞에서 하루 종일 입어서 진흙으로 뒤덮인 옷을 벗고 왕실 의복으로 갈아입었다. 그렇게 단정히 옷을 갈아입은 뒤 고대인들이 머무는 고대 궁전으로 걸어 들어가면 그들은 나를 따뜻하게 맞아주었고, 나는 내 삶의 의미이자 온전히 나의 것인 그 지적 자양분을 마음껏 섭취했다. 그곳에서 나는 그들과 대화를 나누거나 그들이 한 행동의 의미에 관해 묻는 것을 부끄러워하지 않았고, 그들도 인간미 넘치는 태도로 내 질문에 답변해주었다. 그렇게 보내는 4시간 동안 나는 전혀 지루함을

느끼지 않았고, 모든 고통을 잊었으며, 빈곤을 걱정하
지도, 죽음을 두려워하지도 않았다.

마키아벨리는 자신의 서재를 일종의 타임머신처럼 활용
했고('책을 읽는 것은 과거로 시간여행을 하는 것과도 같다'는 브라이언
모턴의 생각을 떠올려보기 바란다), 위대한 고대인들과 함께하는
동안 그 어떠한 이질감도 느끼지 않았다. 그들은 그에게 인
간미 넘치는 태도로 시간과 공간의 경계를 가뿐히 뛰어넘
어 말을 걸어왔다.

여기서 마키아벨리와 교감을 나눈 건 주로 과거의 사상
가들이었다. 그런데 만약 역사의 주연 배우들, 거인처럼 자
신의 시대를 주름잡던 위대한 정치가나 군인들이라면 어
떨까?《군주론》을 집필하는 동안 그는 분명 과거의 군주와
왕, 영웅들을 현대의 지도자들이 보고 배울 수 있는 모범을
제시하는 인물들로 간주했다. 하지만 이것이《군주론》에서
가장 논란이 되어온 부분이다. 그들은 사실 미덕과 악덕의
본보기가 아니라 성공과 실패의 본보기에 불과했기 때문이
다. 그래서인지 이탈리아 르네상스기의 피렌체 통치자였
던 로렌초 데 메디치에게 조언하는 동안 마키아벨리는 하
나의 본보기로 삼을 수 있도록 과거의 지도자들을 훗날의

독자들과 다소간 동시대인으로 만드는 오래된 전통으로부터 자신을 의식적으로 분리했다.

이 전통을 형성하는 데 그 누구보다도 큰 영향력을 행사한 인물은 그리스어를 구사하는 로마의 역사가 플루타르크*Plutarch*다. 그는 서기 46년에서 120년 사이에 생존했던 인물로, 본보기를 제시하겠다는 명백한 목적을 가지고서 그리스와 로마의 정치가들과 다른 유명 인사들의 삶을 다룬 일련의 전기 작품들을 저술했다. 당대 사람들에게 그들 자신의 미덕과 악덕을 비춰볼 수 있는 일종의 거울을 제공해준 셈이다.

플루타르크는 그리스 보이오티아 북서쪽 끝에 있는 카이로네이아 마을에서 태어났다. 아테네에서 잠시 생활하기도 했지만, 생의 대부분을 이곳에서 보냈다. 언젠가 그는 그 작은 마을이 더 작아지는 것을 막기 위해 그곳에 머물렀다고 이야기하기도 했다. 플루타르크는 사람들이 어디에서든 현명하고 충만한 삶을 누릴 수 있다고 생각했는데, 그것이 가능한 이유는 고대의 위인들과 연결해주는 책들 덕분이라고 했다. 그는 수많은 '모랄리아*moralia*(좋은 삶을 위한 격언들을 제공하는 도덕적 에세이집)'를 집필하기도 했지만, 단순한 격언은 사람들에게 가장 좋은 삶의 방식을 전달하는 수단으로 적절하지 못하다는 느낌을 받았다. 사람들은 미덕과 악덕의 윤곽을 더듬기 위해 그런 행동들의 실제 사례를 필요로 하는데, 영웅들의 삶에는 온갖 미덕과 악덕의 사례들이 모두가 읽을 수 있는 커다란 문자로 기록되어 있다. 그런 이유로 그는 자신의 작품들이 역사가 아닌 전기에 속한다고 강조했다. 이건 그의 작품들에 오류가 있다는 의미가 아니라 한 개인의 삶의 사소한 사건들에서 드러나는 인격의 증거들을 보여주기 위한 목적으로 저술한 책들이라는 뜻이다. 그래서 그는 독자들에게 알렉산더 대왕의 군사 정복에 관한 세부적인 설명을 원한다면 다른 책을 찾아보는 게 좋을 것이라고 말했다. 하지만 좋은 의미에서든 나쁜 의미에서든 알렉산더 대왕을 그토록 인상적인 인물로 만든 인격적 특성들의 조합이 무엇인지 이해하길 원한다면 플루타르크가 저술한《Life of Alexander(알렉산더의 삶)》가 마음에 들 것이다. 그는 이 영웅전 서문에 이렇게 썼다.

> 내가 영웅전 집필을 시작한 건 원래 다른 사람들을 위한 것이었지만, 이 일이 점점 더 마음에 들게 되었고, 나자신을 위해서라도 집필을 계속해야겠다고 생각하게 되었다. 실제로 나는 이 이야기들을 일종의 거울처럼

취급하면서 내 삶을 영웅들의 미덕과 일치시키기 위한 수단들을 찾아내려 애를 써왔다. 이 과정은 그들과 함께 시간을 보내면서 삶의 경험들을 나누는 것과 조금도 다를 바가 없다. 나는 그들을 손님 대하듯 차례대로 맞아들이면서 그들의 위상과 자질들을 검토하고, 그의 업적들 가운데 내게 특히 중요하고 가치 있는 것들을 선별한다. 아, 이보다 더 큰 기쁨을 어디서 찾을 수 있겠는가? 도덕성 함양을 위한 이보다 더 나은 수단을 어디서 찾을 수 있겠는가?

그가 마키아벨리와 얼마나 닮았는지 주목해보자. 《군주론》의 저자 마키아벨리 말고 시골 마을 서재에서 고대인들과 대화를 나누며 살던 그 마키아벨리 말이다. 분명 마키아벨리는 현자의 저술들을 심문하곤 했던 호라티우스의 태도로부터 영향을 받았을 것이다. 마키아벨리가 "그곳에서 나는 그들과 대화를 나누거나 그들이 한 행동의 의미에 관해 묻는 것을 부끄러워하지 않았고, 그들은 인간미 넘치는 태도로 내 질문에 답해주었다"고 말했다면, 플루타르크는 "나는 그들을 손님 대하듯 차례대로 맞아들이면서 그들의 위상과 자질들을 검토하고, 그들의 업적들 가운데 내게 특히 중요하고 가치 있는 측면들을 선별한다"고 말했다. 마키아벨리가 철학자 및 시인들과의 교감을 추구한 반면, 플루타르크는 영웅과 황제들을 더 선호했다는 점만 빼면 같은 접근법이다. 과거의 위대한 인물들은 이처럼 사색적 삶과 활동적 삶을 추구하는 사람 모두에게 정신적 자양분을 제공해줄 수 있다.

그리스와 로마의 위대한 정치가 및 군인들의 경험을 빌려다 활용하는 플루타르크의 방식은 수 세기 동안 엄청난 영향력을 행사한 것으로 입증되었다. 그의 방법은 본질적으로 비교에 기반을 둔 것인 만큼 자신의 시대에 속한 정치적 인물들과의 추가적인 비교 작업을 자극하는 경향이 있다. 그리스 영웅들의 삶은 가장 가까운 로마 시대 인물들의 삶과 함께 제시된다. 그리스를 넘어 페르시아와 인도에 이르기까지 동서를 하나로 이은 고대 영웅인 알렉산더를 로마 공화정 말기의 정치가였던 율리우스 카이사르와 비교하는 식이다. 그래서인지 그의 모델은 서유럽의 교육 제도 전반에 걸쳐 매우 오랜 세월 동안 수용되어 왔다.

사실 플루타르크가 아니었다면 자기 자신을 킨키나투스Cincinnatus*와 동일시하는 조지 워싱턴의 태도는 다소 이상하게 비쳤을 것이고, 워싱턴을 아는 모든 사람들이 그의 성격을 킨키나투스와 비교하지도 않았을 것이다. 공교롭게도 플루타르크는 킨키나투스의 삶에 대해서는 다루지 않았는데, 나는 이것이 커다란 실수라고 생각한다. 하지만 워싱턴과 그의 동시대인들이 현재와 과거의 관계에 대해 숙고한 방식은 분명 플루타르크에 의해 확립된 것이다. 《Cincinnatus: George Washington and the Enlightenment(킨키나투스: 조지 워싱턴과 깨달음)》에서 미국의 저명한 역사학자 게리 윌스*Garry Wills*는 미국 독립 전쟁 기간 동안 영국의 조지 3세와 그의 궁정 화가였던 펜실베이니아 출신의 벤저민 웨스트가 나눈 한 대화에 관해 이야기한다. 왕이 웨스트에게 "만일 워싱턴 장군이 영국에게 승리를 거둔다면 무슨 일을 할 것이라고 생각하느냐"라고 묻자 웨스트는 "워싱턴이라면 아마도 미국 뉴욕주 남동부의 마운트 버넌에 있는 자신의 농장으로 되돌아갈 것이다"라고 답했다. 이에 왕은 "만일 워싱턴이 그렇게 한다면 그는 역사상 가장 위대한 인물이 될 것이다"라고 답했다. 여기서 킨키나투

---

* 로마 시대의 장군이자 전쟁을 승리로 이끈 공로로 평생을 군림하며 살 수 있었지만, 막대한 부와 권력을 포기하고 농군의 삶을 선택해 로마인의 존경과 사랑을 받은 인물이다.

스는 대화에 전혀 언급되지 않지만, 사실 그는 굳이 언급될 필요조차 없다. 두 사람 모두 그 로마인의 사례가 모든 일들에 맥락을 제공해준다는 점을 알았기 때문이다. 워싱턴은 킨키나투스와 자신 사이의 이 같은 연관 관계를 받아들임으로써 스스로 특정한 기준들을 부과했고, 다른 사람들에게 그 기준으로 자신을 평가해달라고 요청했으며, 자기 자신을 판단할 때도 그와 똑같은 기준들을 적용했다.

버지니아 대학 잔디밭에는 조지 워싱턴 동상이 있다. 그는 파스케스*fasces*(당시 집정관*dictator*에게 수여된 권위를 상징하는 막대기 다발로 파시스트*fascist*라는 단어가 여기서 파생되어 나왔다) 옆에 서 있고, 그의 쟁기는 그의 뒤쪽에 놓여 있다. 잔디밭 맞은편에는 토머스 제퍼슨을 기리는 동상이 있는데, 그는 앉은 자세로 워싱턴을 뚫어지게 응시하고 있다. 제퍼슨은 워싱턴 장군이 킨키나투스처럼 파스케스를 버리고 다시 쟁기를 집어 드는지 지켜보는 중이다.

이런 사고방식(과거의 인물들을 동시대인처럼 취급하면서 현재 속으로 끌어들이는 태도)은 20세기에 이르기까지 지속되었다. 예를 들어 플루타르크적인 태도는 처칠의 주된 특징 중 하나였는데, 그는 정치인으로 활동할 때는 물론 작가로 활동할 때조차 과거를 직접적으로 현존하는 것으로 인식했다.

이런 태도는 오늘날 대부분의 사람들에게 이상하게 느껴질 것이다. 처칠이 저널리스트로 잘 알려져 있던 1909년의 한 연설에서 그는 이렇게 말했다.

누군가 "언어는 영원히 지속되는 유일한 것이다"라고 말했습니다. 제가 보기에 이건 정말 탁월한 생각입니다. 인간의 힘으로 세워진 가장 단단한 석조 건물도, 그의 권력을 상징하는 가장 장엄한 기념비도 결국에는 부서져 먼지로 되돌아갑니다. 하지만 스쳐 지나가듯 내뱉은 말들, 불안정한 사념의 그 일시적인 표현들은 과거의 메아리도 아니고, 단순한 고고학적 유물도 아닌, 새롭고도 강력한 생명력으로 오래도록 지속되며, 때로는 처음 발설될 당시보다 훨씬 더 강력하게 이어져 내려오면서 수천 년의 세월을 가로질러 현재 세계를 환하게 비춰줍니다.

이 글의 맥락에서 처칠이 이 말을 할 때 마키아벨리가 서재에서 교감한 철학자나 시인들보다는 정치에 관심 있는 유명인이나 작가들을 더 염두에 두고 있었다는 사실을 알 수 있다. 투키디데스나 리비우스 같은 역사가들과 키케로 같은 연설가들, 카이사르 같은 역사적 인물 등이 그들이다.

처칠과 동시대인이었던 체스터턴G. K. Chesterton에게도
이와 비슷한 태도가 발견된다. 체스터턴은 〈On Man: Heir
of All the Ages(모든 시대의 상속자인 인간에 대하여)〉라는 한
에세이에서 "우리는 그 모든 역사를 활용 가능한 정당한
유산으로 소유하고 있다"고 주장하면서 "인간의 마음은
먼 과거의 선조들은 물론 야만적인 원시 인류에게조차 형
제애를 느낄 때 가장 크고 가장 넓다"고 말했다. 그런데 그
는 계속해서 이렇게 말했다. "현대인이 정말로 모든 시대
의 상속자라면 그는 자신의 변호사에게 '모든 땅과 재산
을 몽땅 팔아치운 뒤 경마장이나 나이트클럽에 가서 탕진
할 돈이나 좀 쥐어달라'고 말하는 그런 유형의 상속자일
것이다."

여기까지 함께한 독자라면 내가 이 구절을 읽을 때 미소
를 지으면서 고개를 끄덕였다는 사실에 놀라지 않을 것이
다. 나는 다음 구절을 읽으면서 더 진지하고 단호하게 고
개를 끄덕였다. "과거로부터 단절된 채 미래가 있다는 사
실에 만족하는 모든 인간은 가장 부당한 방식으로 상속권
을 박탈당한 사람들이다. 만일 그들이 자신의 몫에 행복해
한다면 그건 그만큼 더 부당하다고 봐야 한다. 자신이 무엇

을 잃었는지 알 권한조차 부여받지 못한 셈이기 때문이다.”

체스터턴이 고대 원시 인류의 특성들조차 인간의 심리적, 도덕적 인격을 구성하는 한 요소라고 믿었다는 사실은 특히나 흥미롭게 다가왔다. 그렇다면 현대인들이 오래된 책을 읽는 이유들 중 하나는 ‘새롭게 첨가된 다른 특성들에 의해 흐려진 나머지 다른 방식으로는 알아차릴 수 없게 된 고대의 요소들과 다시 접촉하기 위해서’라고 할 수 있을 것이다.

나는 처칠과 체스터턴의 주장에서, 그리고 연관된 과거의 인물과 개념들을 20세기로 대담하게 끌어들이는 그들의 방식이 매우 예찬할 만하다는 점을 발견할 수 있었다. 하지만 다른 한편으로 그들의 주장이 다소 불편하기도 했다. 그들은 하인리히 슐리만처럼 현재와 과거 사이의 거리를 완전히 없애버리지는 않지만, 분명 그 거리를 상당 부분 부차적인 것으로 만들어놓는다. 이런 태도는 사람들을 과거에 대해 오해하게 만들거나 과거와의 만남이 가져다줄 수 있는 최상의 선물들을 평가절하하도록 만들 수도 있다고 생각한다.

나는 현대인들이 때로는 오래된 책의 부족한 점들에만 집중해서 그 책이 제공하는 가치를 완전히 외면하게 될 수도 있다고 주장해왔다. 부정적 선택으로 기우는 현대인들의 성향으로 인해 고전의 긍정적 선택의 혜택에는 완전히 눈이 멀게 되는 것이다. 비록 '고전'이긴 하지만 불쾌한 내용이 담겨 있거나 불쾌한 내용이 담겨 있는 것처럼 보이는 문헌들과 마주하게 되었을 때, 이와 정반대되는 문제(불쾌한 부분을 제거해가면서sanitizing 읽는 태도) 속으로 휘말려 들게 될 수도 있다. 3장에 언급한 셰익스피어의 작품인《말괄량이 길들이기》를 예로 들어보자. 이 작품에서 반항적인 왈가닥 여성인 카타리나는 페트루치오에 의해 길들여진다. 그들의 갈등을 바라보는 셰익스피어의 관점이 페트루치오의 관점과 다를 것이라고 믿을 만한 이유는 그 어디에도 없다. 페트루치오가 카타리나의 순종을 기대하면서 "평화의 조짐이다, 사랑과 고요한 삶 / 장엄한 규율과 올바른 서열 / 요컨대, 이 속에 달콤하고 행복하지 않은 것이 뭐가 있겠는가?"라고 혼잣말할 때, 그는 셰익스피어의 다른 희곡에 등장하는 존경할 만한 인물들이 내비치는 것과 매우 비슷한 입장을 드러내 보인다.

장담하건대, 요즘 잘 나가는 극단이 이런 식으로 공연하는 모습을 찾아보기란 거의 불가능하다. 해고당하길 원치 않는 모든 감독들은 페트루치오의 가부장적 권위를 약화

차이 없는 과거

시킬 방법을 어떤 식으로든 찾아내고야 만다. 그들은 종종 "신하가 군주에게 지는 그런 의무를 / 여인은 남편에게 지는 것이겠지요"라는 굴종적 대사를 마친 카타리나에게 관객이나 무대 위의 다른 여성들을 향해 윙크하게 함으로써 이 과업을 달성해낸다.

오래전 작가 겸 비평가인 클라이브 루이스 *C. S. Lewis*는 페트루치오의 대사가 "현대 관객들에게 매우 놀랄 만한 것이지만, 그런 놀라움을 감당해낼 수 없는 사람들은 고전을 읽지 말아야 한다"고 쓴 바 있다. 그런데 이건 너무 가혹한 말이다. 가부장적 질서가 지금도 거의 그대로 남아 있음을 너무도 잘 아는 여성들이 그 질서를 예찬하는 연극을 보기 꺼린다는 건 충분히 이해할 만한 일이다. 그렇다고 해서 이를 꺼리는 태도와 고전 작품의 감상을 하나로 결합하려는 루이스의 태도는 좀 불만족스럽다. 그런 작품을 읽거나 보는 걸 단순히 거부하는 사람들에게도 나름의 강점이 있을지도 모른다. 그런 거부에는 적어도 그 문헌을 마음대로 개작해서는 안 된다는 인식이 담겨 있을 수도 있기 때문이다.

단언컨대, 과거의 목소리(생각)에 놀라거나 심지어는 기분 나빠할 능력을 잃는다면, 진짜 핵심적인 것을 잃어버린 것이다. "이 문헌은 나를 불쾌하게 하니 더 이상 읽지 않겠어"라고 말하는 건 근시안적 태도일지 모르지만, 잘못된 점이나 자기 의견과의 차이점조차 못 보게 될 정도로 과거의 '위대한 책'에 대해 경외심을 품는다면, 그것도 해롭기는 마찬가지다. 사실 그런 태도는 도전에 직면할 가능성을 미연에 차단해버린다는 점에서 더 해롭다고 봐야 한다.

과거의 모든 작품들이 다 고전인 것은 아니지만, 고전의 범주에 들지 않는 오래된 책을 읽는 데는 그럴만한 이유가 있다. 이탈리아의 소설가 이탈로 칼비노*Italo Calvino*는 고전에 관한 에세이 한 편을 남겼는데, 이 글이 내가 지금껏 주의를 환기하러 애써온 과거와 현재의 '공통점'과 '차이점' 사이의 긴장 관계를 분명히 하는 데 도움이 될 것이라고 생각한다. 칼비노는 사람들이 오래된 책을 읽을 때 경험하게 되는 '친밀감'을 강조하는 것으로 글을 시작한다. 그는 이렇게 말한다. "고전을 읽을 때 우리는 가끔 우리가 항상 알아온 (또는 안다고 생각해온) 무언가와 새롭게 마주하게 된다. 그 작가가 그 말을 제일 먼저 했다는 사실을 처음으로 알게 되는 것이다. 이건 커다란 기쁨을 선사해주는 놀라운 경험으로, 기원과 관계, 관련성 등을 발견할 때마다 이런 종류의 기쁨을 느끼게 된다."

하지만 칼비노는 특정한 독자에게만 고전으로 인식되

는 '당신만의your 고전'에 대해서도 이야기한다. 그는 계속해서 이렇게 말한다. "당신만의 고전 작가란 당신이 관심을 갖지 않을 수 없고, 그와의 관계에서 당신 자신을 정의하거나, 심지어는 그와 논쟁을 벌이도록 당신을 자극해주는 그런 작가들을 말한다." 한마디로 이 말은, 어떤 책이 당신 스스로 생각해보지 못한 것은 물론, 믿고 싶지도 않은 무언가에 귀를 기울이게 한다면, 그 책이 당신에게는 고전으로 인식될 수 있다는 말이다.

이런 의미에서 책은 친구나 다름없는 존재가 되어줄 수 있다. 친구와 대화할 때, 친구가 당신이 하는 모든 말에 동의하며 단순히 고개만 끄덕여주길 바라는가? 그렇지 않다. 대부분은 친구의 공감과 동의를 바라지만, 오직 그것만 해주는 친구는 친구라 부를 수 없다. 당신은 당신의 생각을 말할 때, 단순한 동의 이상의 것, 일종의 첨가물addition을 원한다. 친구가 그 생각을 더 발전시키거나 반대 의견을 제시해주길 기대한다. 사람들은 대화를 처음 시작했을 때보다 생각을 더 심화시켜주길 원하는데, 이런 일은 단순한 동의를 통해서는 일어날 수 없다. 시인 윌리엄 블레이크William Blake가 "반대하는 것이 진정한 우정이다"라고 썼을 때, 그도 이와 비슷한 생각을 마음에 품고 있었을 것이다. 내가 고전으로 여기는 작품들은 다른 무엇보다도 바로 그런 종류의 반대 의견을 제시해주는 작품들이다.

그런 작품들을 읽을 때, 책과 나누는 대화는 내 의식의 전면부로 불쑥 솟아오른다. 칼비노는 이와 관련해 다음과 같은 매우 예리하고 섬세한 말을 남겼다. "고전은 지금 이 순간의 관심사를 배경 소음에 불과한 것으로 만드는 경향이 있다. 그러나 그 배경 소음은 우리에게 없어서는 안 되는 그런 것들이다." 이 두 문장은 매우 중요하다. 책의 주제나 줄거리를 즉시 현재의 용어로 번역해내는 독자는 종종 그 책과 진정한 교감을 전혀 나눌 수 없게 된다. 찰스 디킨스Charles Dickens의 자전적 소설인 《데이비드 코퍼필드David Copperfield》에서 미스터 딕은 책을 쓰려고 계속해서 노력하지만, 이야기 속으로 끊임없이 굴러들어오는 찰스 왕의 잘린 목 때문에 심각한 방해를 받는다. 동료 미국인들도 특정 대통령의 머리가 자기 생각 속으로 계속해서 굴러들어온다고 불평을 해댄다. 하지만 내가 읽는 그 책이 어떤 식으로든 내 삶과 연결되어 있다는 사실은 독서에 필수적인 맥락을 제공해준다. '우리에게 없어서는 안 되는 그런 것들'인 것이다.

몇 년 전, 문학평론가 대니얼 멘델슨Daniel Mendelsohn은 베

차이 없는 과거

르길리우스Virgil의 《아이네이스Aeneid》*를 강독한 경험을 바탕으로 아름다운 에세이 한 편을 써낸 바 있다. 30년 동안의 내 개인적인 경험만 놓고 본다면, 대부분의 대학생들은 《아이네이스》를 호메로스의 서사시들보다 훨씬 더 지루해한다. 멘델슨은 《아이네이스》가 서양인들의 상상력에 미친 중대한 영향력과 이 작품에 흥미를 느끼는 걸 가로막는 다양한 장애물들에 대해 묘사했다. 그런 장애물에는 여러 가지가 있지만 멘델슨은 현시대의 독자들에게 가장 큰 문제가 되는 건 그 시의 기본적인 주제 자체라고 주장했다. 그는 이렇게 썼다. "이 서사시를 수 세기 동안 황제와 장군, 그리고 그들을 가르치는 성직자와 교사들의 필독서로 만든 바로 그 주제들(제국주의적 지배의 필연성과 권위주의적 통치자의 책무, 국가를 위한 의무와 자기희생의 중요성 등)이 오늘날의 독자들에게는 당혹감만 안겨주는 것으로 드러나고 있다."

현재 활동하는 가장 유능한 문학평론가들 중 한 명인 멘델슨이 이런 문제들을 어떻게 극복해나가는지 지켜보는 건

———————

* 로마 건국의 기초를 다진 영웅 아이네이스의 비애와 운명을 배경으로 한 국가의 세계사적 의미를 찾아가는 서사시다. 저자는 기원전 30년부터 죽을 때까지 11년에 걸쳐 이 작품에만 열중했지만 결국 완성하지 못했다.

매우 흥미로운 일이다. 그는 먼저 이렇게 묻는다. '베르길리우스는 제국주의를 옹호했는가, 아니면 비판했는가?', '만일 옹호했다면 우리 같은 현대의 민주주의자들이 그를 여전히 좋아할 수 있을까?', '우리는 수많은 선조들에게 그토록 강력한 인상을 준 이 작품을 멀리해야 하는 것일까?' 그런 뒤 이런 질문들에 분명한 답을 제시하지 않은 채, '마침내 《아이네이스》를 이해하기 시작했다'고 느낀 결정적 순간에 대해 다음과 같이 묘사한다. 그는 칼비노가 말한 현시대의 '배경 소음'을 취해 그것을 의식의 전면부로 가져오는 식으로 이 작업을 수행해나간다.

> 수개월 후 다시 그리스와 로마의 고전을 가르치다가 집에 돌아왔을 때, 나는 베르길리우스를 영웅으로 간주하는 대신 우리에게 익숙한 특정 유형의 인간, 즉 '생존자'로 바라보기만 하면 《아이네이스》와 관련해서 느끼는 불편함이 그냥 불편함에 그친다는 점을 깨닫게 되었다. 무시무시한 과거에 의해 너무나도 분열된 나머지 억지스러운 의지에 의해서만 자기 자신을 지탱해나갈 수 있는 사람, 자신의 과거사를 거의 다 망각해버린 나머지 현재를 살아가려면 알 수 없는 미래에 대한 막연한 의

무감, 모든 결핍을 정당화해주는 그 의무감에 의존해야
만 하는 그런 사람 말이다. 이보다 더 현대적인 인간형
을 떠올리는 것도 쉽지 않은 일이다.

나는 그가 제시한 현재와의 이 같은 연관성이 정당하게
획득된 것이라고 생각한다. 이런 유형의 에세이들이 이 같
은 연결 작업을 항상 성공적으로 수행해내는 것은 아니기
때문이다. 예를 들어 영국의 작가 필립 호어*Philip Hoare*는 영
국《가디언》지에 기고한 한 에세이에서 미국의 소설가 허
먼 멜빌*Herman Melville*이 쓴《모비 딕*Moby Dick*》을 크게 예찬한
바 있다. 그는 서두에서부터 '고래'에 대한 이야기가 등장
하는《모비 딕》이 '기후 위기와 관련 있고, 매우 퀴어*queer*적
인 책이며, 진정으로 혁명적인 작품'이라며(사실상《가디언》지
독자들이 이미 알고 있는 그 모든 이슈들과 연관된 책이라며) 칭찬을
아끼지 않았다. 호어는 그런 접근법만이 오래된 책을 흥미
롭게 만드는 유일한 방법이라고 생각하고 있는 것이 분명
했다. 하지만《모비 딕》이 현재 우리가 품고 있는 견해들을
단순히 재확인시켜줄 뿐이라면, 그 책을 굳이 읽을 필요가
있을까?

이와는 대조적으로 대니얼 멘델슨은《아이네이스》를 현

대적 '적용*application*'으로 즉시 건너뛰지 않았다. 고통받는 상대 앞에서 자신도 그런 고통을 겪어본 적 있다며 자기 이야기를 길게 늘어놓는 그런 유형의 사람들처럼 말이다. 대신 그는 작품 자체에만 집중하면서 수년에 걸쳐 그 시와 씨름을 벌인 끝에, 마침내 현시대의 경험들이 이 위대한 시에 관한 생생한 진실들을 드러내준다는 점을 깨닫게 되었다. 그 진실들은 이 작품에 깊은 공경심을 품었던 선조들의 눈에는 절대 보이지 않던 그런 것들이었다.

관련된 예를 하나 더 들면 지금까지 주장해온 바를 분명히 이해하는 데 도움이 될 것이다. 극작가 톰 스토파드*Tom Stoppard*의 희곡《사랑의 발명*The Invention of Love*》은 영국의 시인이자 고전학자인 하우스먼의 이야기로 시작한다. 그는 77세이며 더 이상 늙지 않는다. 이미 죽은 사람이기 때문이다. 하우스먼은 그리스 신화에서 죽음을 관장하고 지하세계를 다스리는 신 하데스의 뱃사공인 카론에 의해 저승을 일곱 바퀴 돌아 흐르는 스틱스강 저편으로 호송되고 있다. 그가 강의 반대편에 도달했을 때 그는 그곳에서 옥스퍼드 학부생 시절의 자신을 발견한다. 그리고 그 자리에서 두 명의 하우스먼은 주로 로마 시대의 작가들에 관해 이야기를 나눈다. 대화 중 어느 시점엔가 늙은 하우스먼(이하 올드먼으로 표기)은 먼 과거의 작가들을 이해한다고 단순히 가정하는 태도의 위험성에 대해 즉흥적으로 연설을 쏟아낸다.

오래된 구문들이 매우 아름답다고 항변할 준비가 되어 있는 시적인 사람들은 어디에나 있는 법이지. 하지만 누구에게 아름답다는 말인가? 그 로마의 시인들은 2천 년 전의 외국인들을 대상으로 글을 쓴 외국인들이었네. 게다가 당시 독자들은 괴이한 신들을 섬겼고, 혐오스러울 정도로 야만적이었으며, 개인적인 생활 습관도 눈 뜨고 못 봐줄 정도였지. 그런데도 우리는 아름다운 것에 대한 그들의 관념이 놀라울 정도로 우리와 유사하다고 잘난 체를 해댄다네.

이 순간, 이런 연설을 더 이상 견딜 수 없었던 젊은 하우스먼은 불쑥 이렇게 말한다. "그렇지만 아름다움에 대한 관념은 정말로 비슷해요. 안 그런가요? 옛사람들을 숨죽이게 했던 그런 표현들에 오늘의 우리도 숨죽입니다." 그는 열정에 휩싸인 채 자신을 숨죽이게 만든 시와 편지의 구절들을 인용해가며 예를 들기 시작한다. 하지만 이내 자신의 무례한 행동을 자각하고는 당황스러워하면서 "아, 죄송합니다. 저는 그저"라고 용서를 구한다.

이에 대해 올드먼은 "괜찮네, 배움에는 나이가 없는 법이니까"라고 조용히 대답한다. 곧이어 젊은 하우스먼은 다시 자기 생각들을 쏟아내기 시작한다. 여기서 우리는 현대 희곡의 가장 아름다운 순간들 중 하나와 마주하게 된다. 즉, 오랫동안 자신의 권위에 익숙해져 있던 올드먼은(그는 거의 모든 동료 문인들의 결점을 신랄하게 비판한 당대 최고의 고전학자 중 한 명이었다) 그동안 쌓은 엄청난 지식에도 불구하고 자신이 더없이 중요한 무언가를 망각하고 있었다는 점을 깨닫게 된다. 현대인들과 로마인들의 신념과 습관이 다르다고는 해도, 사람들은 여전히 그들의 시를 읽으며 '옛사람들을 숨죽이게 했던 그런 표현들에 숨죽일 것'이다. 비록 나이가 들면서 잊어버리긴 했지만, 그도 한때는 이랬다는 것을 잘 알고 있었다.

이 순간이 그토록 아름다울 수 있는 건, 올드먼과 젊은 하우스먼이 모두 옳다는 사실 때문이다. 올드먼은 과거와의 단순하고 즉각적인 친밀 관계를 가정하는 태도가 위험하다는 것을 제대로 이해하고 있었고(그는 슐리만이나 젊은 시절의 처칠보다 한 수 위였다), 선조들과의 진정한genuine 친족 관계는 고된 정신노동을 통해 획득되어야만 한다는 것도 잘 알고 있었다. 또한 젊은 하우스먼이 말한 것이 진실이 아니라면, 우리는 오래된 작품을 읽어야 하는 이유를 그 어디에서도 찾아볼 수 없을 것이다.

　나는 오늘날 양자 사이의 이 같은 긴장 관계가 사라진 것이 과거에 대한 경외감을 주입해 넣는 것을 교육으로 간주한 사람들과 순전히 현재주의적이거나 미래지향적인 것으로만 교육을 국한한 그들의 후임자 모두의 책임이라고 생각한다. 교육의 초점을 처칠과 체스터턴이 선호한 모델에서 오늘날 우리 대부분이 경험해온 모델로 전환하는데 그 누구보다도 큰 역할을 한 사람은 미국의 철학자 존 듀이였지만, 교육의 본질에 관한 듀이의 견해를 검토해본다면, 과거와의 섬세한 교감을 위한 여지가 남겨져 있었다는 사실을 발견할 수 있다. 듀이는 1백여 년 전에 출간한 책(《민주주의와 교육》)에서 이렇게 말한 바 있다. "이렇게 해서 교육에 관한 전문적 정의에 도달하게 된다. 한마디로 교육이란, 경험의 의미를 풍부하게 해주고 경험의 경로를 결정하는 능력을 향상시켜주는 경험의 복원 및 재조직 과정이다." 이를 제대로 이해하기만 한다면, 듀이의 이 공식이 교육의 혁신뿐만 아니라 연속성까지도 설명하고 있다는 걸 알 수 있다. 교육이란 결국 우리가 물려받은 것을 취해서 그것을 폐기하는 대신, 재조직하고 재구축하는 과정이기 때문이다. 이런 일은 오직 과거의 지혜와 사악함, 통찰과 어리석음 등을 면밀히 검토하는 과정을 거침으로써만 제대로 수행될 수 있다. 그리고 이 일은 단순히 학자들만의 것이 아닌, 우리 모두의 것이다.

내가 고등학생이었을 때, 학교에서는 고대 작가들의 책을 전혀 읽지 않았다. 우리는 그저 호손, 멜빌, 워싱턴 어빙의 일부 작품들과 조지 엘리엇의《사일러스 마너》, 찰스 디킨스의《두 도시 이야기》,《위대한 유산》 등을 읽은 뒤, '시간의 심연, 저 어두운 과거'로 손을 뻗어 셰익스피어의 희곡을 매년 한 작품씩 읽었다. 비록 이 대사가 나오는《템페스트》는 읽지 않았지만 말이다. 그리고 내 기억에 의하면, 그 누구도 이런 책들을 읽는 이유를 설명해주지 않았다. 작품들의 연대에 대한 검토는 거의 이루어지지 않았고, 엘리엇이 그녀와 동시대인이었던 호손이나 멜빌과 다른 나라에 살았다는 사실도 별문제가 되지 않았다. 내 기억이 정확하다면, 과거의 인물이 수 세기를 가로질러 내게 직접 말을 걸며 즉각적인 유대감을 불러일으킨 최초의 순간은 "삶은 짧으나, 기예craft를 익히는 데는 오랜 시간이 걸린다네"라는 중세 영국 최대의 시인 제프리 초서Geoffrey Chaucer의 문장을 처음으로 접한 때였다. 그렇게 어리고 아무런 '기예'도 익히지 못했던 그 시절에 이 문장이 왜 나를 그토록 사로잡았던 건지 나는 도무지 이해할 수 없었다.

대학에 진학한 후에는 문학과 역사에 대해 훨씬 더 많은 것을 배울 수 있었지만, 여기서 묘사해온 바와 같은 과거 작품에 대한 면밀한 검토 작업을 교수들에게 직접 배운 것은 아니었다. 그들은 이 책 전반에 걸쳐 옹호해온 개인적 차원의 접근법을 전혀 권장하지 않았기에 나는 혼자 독서를 해가면서 그 방법을 스스로 익혀야 했다. 예전에 쓴 책에서 나는 자신이 좋아하는 최근의 소설에서부터 시작해서 '상향식으로*upstream*' 책을 읽어나가라고 조언한 바 있는데, 내가 그때 한 일이 바로 이것이었다. 중세 문학과 관련된 수업도 두세 강좌 정도 수강해봤지만, 내가 가장 좋아하는 작품은 아서 왕 궁전의 원탁 기사인 가윈 경의 모험 속에 등장하는 여러 게임을 통해 이상과 현실 사이에 존재하는 인간의 갈등 구조를 다룬 작자 미상의 걸작인《가윈 경과 녹색 기사*Sir Gawain and the Green Knight*》였다. 영국의 영문학자이자 소설가인 존 로널드 루엘 톨킨*J.R.R. Tolkien*이 이 작품을 사랑했다는 사실을 알고 있었기 때문이다.

영국의 낭만주의 시인 윌리엄 워즈워스*William Wordsworth*

는 "우리가 사랑한 것을 / 다른 이들도 사랑하게 될 것이고, 우리는 그들에게 사랑하는 법을 가르쳐주리라"라고 말했다. 내게 사랑하는 법을 가르쳐준 이는 작가들이다. 나는 그들의 이야기를 사랑했기 때문에 그들이 사랑한 이야기들을 사랑할 준비 또한 되어 있었다. 스승들에게 올드먼처럼 평가하고, 거리를 두고, 분석하는 법을 배웠다면, 좋아하는 작가들에게는 젊은 하우스먼처럼 열정적인 태도로 교감을 추구하는 법을 배웠다. 두 교훈 모두 진정으로 가치 있는 것이지만, 내 삶에 더 큰 영향을 미친 건 작가들이었고, 이 책에 쏟아 넣은 것도 주로 그들에게 배운 교훈이다. 죽은 이들과의 식사는 완수해야 할 학문적 과제가 아닌, 굶주린 모든 사람들이 초대받는 영원한 만찬이 되어야 한다.

진짜 알맹이

◈◈

너그러움 | 이상적 순간을 발견하기 위한 태도

이 책에서 권장한 것과 같은 '긍정적 선택'은 말로 하기
는 너무나도 쉽다. 그렇지 않은가? 나는 수년에 걸쳐 학부
생들에게 문학 이론을 가르쳐왔고, 그 기간 동안 거의 항상
페미니스트 비평을 주제로 한 내 강의에 파트로시니우 슈바
이카르트*Patrocinio Schweickart*가 쓴 《Reading Ourselves(우리
자신을 읽기)》를 포함했다. 이 에세이를 매년 가르친 건 내가
그 작품을 사랑했기 때문이고, 그 작품을 사랑한 건 일반적
이면서도 심각한 한 가지 문제에 직면하는 슈바이카르트
의 놀랄 정도로 정직하고 지적인 태도 때문이었다.

당신이 엄청나게 열성적인 페미니스트라고 상상해보자.
당신은 역사 전반에 걸쳐 가부장제가 인간 삶의 모든 영역
을 누비면서 행사해온 엄청난 파급력을 명명백백하게 인
식하고 있고, 그런 가부장적 현상들이 지극히 미묘하고 은

밀한 방식으로 드러날 때조차 그 현상들에 세심한 주의력을 기울이도록 훈련받아 왔다. 이제 당신이 책 한 권, 예컨대 빅토리아 시대의 남성 작가가 쓴 소설책 한 권을 집어 든다고 상상해보기 바란다. 그 책을 읽으면서 페이지마다 가부장적 이데올로기가 드러난다는 사실을 알 수 있을 것이다. 한편으로는 그 책이 감동적이라는 것도 발견하게 된다. 당신은 심금을 울린 그 이야기에 완전히 사로잡히고, 등장인물들에게도 관심을 갖게 된다. 이제 무엇을 할 것인가?

아마도 다양한 반응을 보일 수 있을 것이다. 일단 그 책이 당신에게 더 이상 영향을 미치지 못하도록 손에서 내려놓을 수 있다. 하지만 슈바이카르트는 이런 태도를 권장하지 않는다. 아니면 책의 세계관 속으로 더 깊숙이 끌려들어가 책 전반에 배어 있는 남성 중심적 관점을 서서히 받아들이게 될지도 모른다. 슈바이카르트는 남성성에 함몰되는 이 현상을 일종의 '무력화immasculated'로 정의하면서, 이 역시 권장하지 않는다.

대신 그녀는 독자들에게 '이상적 순간utopian moment', 즉 가부장적 이데올로기의 늪으로부터 진정으로 인간적이고 아름다운 무언가가 모습을 드러내는 그런 순간들을 찾으라고 권한다. 이와 같은 맥락에서 그녀는 '진짜 알맹이

진짜 알맹이

authentic kernel'라는 표현을 사용하기도 하는데, 이 말은 책의 깊숙한 곳에 숨겨져 있는, 독자들에게 호소하고 독자들이 공감할 수 있는 경험을 드러내주는 그 무언가를 지칭하는 용어다. 이런 관점을 받아들이게 되면 독자들은 이중적인 방식으로 책을 읽게 된다. 책의 문제점과 오류, 도덕적 기형성 등을 알아보는 내면의 생각을 침묵하지 않고, '이상적 순간'들에 그토록 열광적인 반응을 보이는 생각 또한 억누르지 않는다.

그런데 이상하게도 이런 창조적 이중성의 관점을 채택하는 건 독자들보다는 오히려 작가들에게 더 쉬운 일이다. 예컨대 어떤 이야기가 당신을 매혹하는 동시에 불쾌하게 만든다면, 그 불균형을 해소할 수 있는 방식으로 이야기를 바꾸거나 내용을 첨가하고 싶어질 것이다. 만일 당신이 작가라면, 이런 일을 얼마든지 할 수 있다. 나는 이것이 팬 픽션*fan fiction*(좋아하는 작품을 팬들이 자기 뜻대로 재창작한 작품)을 창작하게 만드는 주된 동인 중 하나라고 생각한다. 팬 픽션은 그 명칭에도 불구하고 원작을 단순히 찬양만 하기보다는 내용을 확장하기도 하고 때로는 일부 내용을 바로잡기도 한다.

이제 남성 작가가 쓴 소설을 읽는 여성이라고 상상해보

자. 이 이야기에는 핵심적인 역할을 하는 여성이 한 명 등장하지만, 그 여성이 의견을 내는 건 허용하지 않는다. 이와 관련된 사례를 찾는 것은 그리 어려운 일이 아니다. 실제로 4장에서 다룬 작품들 중 하나가 그 예를 제시해준다. 바로 《아이네이스》다.

《아이네이스》에 등장하는 라비니아*Lavinia*라는 이름의 젊은 여성은 이탈리아 라티움 지역의 왕인 라티누스의 딸이다. 두 명의 라이벌이 그녀를 얻기 위해 경쟁을 벌이는데, 그중 한 명은 루툴리 부족의 왕인 투루누스이고 다른 한 명은 멸망한 트로이 출신의 유랑민인 아이네이스다. 신들은 라비니아가 아이네이스와 결혼하여 훗날 로마를 건설할 혈족을 낳게 될 것이라고 신탁을 내리며, 이는 실제로도 그렇게 된다. 저자인 베르길리우스는 전설 속 인물인 이 공주를 문학 작품 속으로 불러들여, 그녀의 주위를 아름다운 언어로 감싸고, 그녀가 드러내는 순수한 부끄러움을 사랑스럽게 묘사한다.* 하지만 이 책에서는 이런 부끄러움만

---

* "라비니아는 어머니의 이 말을 듣고는 울었고, 눈물에 적셔진 그녀의 아름다운 얼굴은 마치 하얀색 백합과 주홍빛 장미가 하나로 어우러져 발그레함과 창백함을 교대로 다투는 정원이나, 선홍색 염료에 물든 인디언 상아와도 같았으니"처럼 말이다.

진짜 알맹이

이 그녀의 유일한 언어다.

2장에서 나는 관심이라는 피로 죽은 자들의 목소리를 살려내는 과정에 대해 언급한 바 있다. 이와 매우 비슷한 생각이 《라비니아》라고 제목을 붙인 어슐러 르 귄Ursula K. Le Guin의 소설에서도 발견된다. 이 소설에 나오는 라비니아는 베르길리우스의 《아이네이스》가 다시 자신을 불러냈다는 사실을 알고, 이에 대해 감사와 불만이 기묘하게 뒤섞인 태도로 반응한다. 그녀는 이렇게 말한다. "제가 결국 망각 속으로 사라져버릴 것이란 점에는 의심의 여지가 없습니다. 그 시인이 나를 부르지 않았더라면 이미 오래전에 그렇게 되었겠지요." 하지만 그녀가 수 세기 동안 몸담아온 그 찬란하고 생생한 언어만으로는 충분하지 못했다. "최소한 한 번쯤은 저도 입을 열고 말을 해야겠습니다. 그는 제게 한마디도 허락하지 않았지요. 저는 그로부터 제 말을 찾아오렵니다. 그는 제게 긴 삶을 주었지만 그건 아주 작은 삶이었어요." 이후 라비니아는 르 귄을 통해 자신만의 목소리를 내면서 자신의 존재를 더 크게 구축해나가기 시작한다.

르 귄은 베르길리우스의 시에 나타난 역사를 수정하기 위한 목적으로 자신의 이야기를 이용하지 않는다. 원하기만 했다면, 아이네이스를 가부장제 규범집에나 등장할 법한 노련한 식민지주의자로 만들 수도 있었을 것이다. 하지만 그렇게 하지 않았다. 르 귄의 소설에 나오는 '아이네이스'는 베르길리우스의 '아이네이스'와 마찬가지로 어쩔 수 없는 상황에서만 호전적인 성향을 드러내고, 말을 하도록 요구받지 않는 한 침묵을 지키며, 항상 우울한 기색을 머금고 있는 그런 인물이다. 그는 라비니아를 사랑하고, 그녀도 아이네이스를 사랑한다. 르 귄은 원작에 손댈 때 오직 이런 식으로만 '수정'했다.

르 귄의 소설은 아이네이스만의 이야기가 아니었던 것이다. 실제로 아이네이스는 말도 거의 하지 않으며, 독자들을 자기 마음속으로 끌어들이지도 않는다. 르 귄이 보여주고 싶었던 건 그의 마음이 아닌 라비니아의 마음이었다. 이 소설의 목적은 어쩌다 보니 오랜 삶을 살게 된 이 조용한 소녀로 하여금 '최소한 한 번쯤은 입을 열고 말을 하도록 하는 것'이다. 그런데 그녀의 입에서 나오는 그 이야기는 아주 강력하고 호소력 있다.

이보다 수정주의적인 태도로 고전에 접근한 사례는 도미니카의 소설가 진 리스Jean Rhys의 소설 《광막한 사르가소 바다Wide Sargassso Sea》에서 찾아볼 수 있다. 리스는 두말할 필요 없이 가장 위대한 영국 소설 가운데 하나인 샬롯 브론

　　　　　　　　　　　　　　　진짜 알맹이

테*Charlotte Bronte*의《제인 에어》를 탐독한 바 있다. 그녀는 몰인정한 세상을 불안정하게 헤쳐나가다 결국 자신의 고용주인 로체스터(그는 정신병에 걸린 여성과 이미 결혼했고, 그 여성을 3층 다락방에 가둬두고 있어서 제인과 결혼할 수 없었다)와 사랑에 빠지게 되는 가련한 제인의 이야기에 강한 인상을 받은 것이 틀림없다.

리스에게 정신병에 걸린 여성 캐릭터와 관련해 가장 흥미로웠던 점은 다름 아닌 그녀의 출신이었다. 그녀는 자메이카에서 태어나고 자란 버사 앙투아네트 메이슨이라는 이름의 크리올*creole*(유럽계와 흑인 사이에서 태어난 혼혈인을 일컫는 말—옮긴이)이었다. 리스는 크리올은 아니었지만, 도미니카섬에서 태어나 16살 때 영국으로 이주해온 이민자였다. 아마도 이 같은 관련성이 이 여성 캐릭터에게 깊은 관심을 갖도록 그녀를 이끌었을 것이다. 무엇이 그 여성을 광기로 내몬 것일까? 자메이카의 젊은 미인이었을 당시, 그녀의 꿈과 희망은 무엇이었을까? 우리는 부유한 영국인인 로체스터와 그의 젊은 새 아내가 말한 내용을 통해 그녀의 이야기를 알고 있지만, 버사 앙투아네트라면 자신의 삶에 대해 어떻게 이야기할까?《광막한 사르가소 바다》는 바로 이런 질문으로부터 탄생한 작품이다. 리스는 자신의 소설을 통해 버사 앙투아네트에 대해 재조명했다.*

《제인 에어》는 여성이 쓴 작품이지만, 작가인 샬롯 브론 테는 '자메이카'나 '도미니카' 같은 단어가 그저 하나의 지역을 나타내는 단어일 뿐인, 그 이상의 의미에 대해 알 수 없는 영국 잉글랜드 북부에 있는 웨스트요크셔에서 성장했다. 그녀의 소설에 등장하는 버사 앙투아네트는 조용하고 이국적인 여인이었는데, 아마도 이국적이기 때문에 조용한 성격으로 묘사되었을 것이다. 반면 카리브해가 고향이었던 리스는 자신의 소설에 나오는 앙투아네트가 스스로 자기 목소리를 낼 수 있게 해주고 싶었다.

물론 독자들 중에는 작가가 아닌 사람이 더 많을 것이다. 그럼에도 내가 이런 예들을 제시하는 이유는 우리 모두에게 교훈을 준다고 생각하기 때문이다. 르 귄과 리스에게 강렬한 소설 작품을 쓰도록 동기를 부여해준 건 단순한 좌절감이 아니라 동경과 사랑이 뒤섞인 좌절감이었다.《아이네이스》와《제인 에어》는 진정으로 위대한 문학 작품들로 이와 같은 반응을 끌어내기에 충분한 가치를 지니고 있다. 같

---

* 이 소설은 출간 이후 19세기 걸작《제인 에어》를 뒤집어 20세기의 걸작으로 재창조한 작품이라는 평가를 받았다.

은 결점과 약점을 지닌 그보다 못한 작품들이라면 그냥 한편으로 치워놓으면 된다. 하지만 이 책들은 그렇게 무시하기는 어려운 위대한 작품들이다.

내가 생각하기에 르 귄과 리스가 자신의 선배 작가들에게 보인 반응들을 표현하는 최적의 표현은 바로 너그러움*generous*이 아닐까 싶다. 미국의 디지털 인문학 및 미디어 연구학자 캐슬린 피츠패트릭*Kathleen Fitzpatrick*은 '학문적 삶의 개선'이란 주제로 학자들의 태도와 관련된 문제들을 다룬 《Generous Thinking(너그럽게 생각하기)》을 저술한 바 있다. 그 태도는 '너그러운 사고방식*generous thinking*'이라 불리는데, 이 같은 너그러움은 현대인들이 체득해야 할 필수적인 태도로 제시된다. 피츠패트릭이 말하는 너그러움은 습관과 행동의 측면 모두를 아우르는 것이지만, 그중에서도 특히 일종의 희망으로부터 솟아나서 오래도록 지속되는 기질이나 성향*ongoing disposition*(계속해서 지속되는 마음의 습관이자 일종의 대화 훈련)과 깊은 연관 관계를 지닌다. 이 경우 누군가에게 너그러운 태도를 취하는 건(상대가 받을 가치가 있다고 느끼는 것보다 더 많은 관심을 기울여주는 식으로), 상대에게 무언가 도움을 받을 수 있을 것이라는 희망을 품고 있기 때문이다. 아니면 적어도 당신 자신의 이해를 확장하거나 내가 이 책에서 줄

곧 사용해온 용어를 동원하자면, 인격의 밀도를 끌어올리기길 희망할 것이다.

요즘처럼 정의에 관심 많은 시대에는 이 특정한 혜택에 시선을 고정하기가 쉽지는 않을 것이다. 이런 시대에는 정의를 향한 가장 진실된 열망조차 가혹하고 무자비한 성질을 띠기 쉽다. 예컨대 사람들은 나쁜 행동을 한 사람이 처벌을 모면하는 모습을 보고 싶어 하지 않는다. 그들이 받아 마땅한 벌을 받길 원하지 받을 자격이 없는 것을 받는 걸 원하지 않는다. 이건 충분히 이해할 만한 태도지만, 이런 태도가 너그러움과 양립 가능한지 이해하는 건 그리 쉬운 일은 아니다. 이디스 워튼의 《기쁨의 집》을 자기 집에 들여놓을 수 없다고 말한 그 젊은 청년을 다시 떠올려보기 바란다. 이런 혐오감의 상당 부분은 1장에서 언급했듯이 더럽혀진다는 느낌으로부터 비롯되지만, 적어도 그중 일부는 '워튼 같은 반유대주의자가 정당한 것 이상의 존경과 예찬을 받아서는 안 된다'는 식의 생각과 연관되어 있다.

하지만 고전 저자들의 가장 중요한 특성들 가운데 하나는 그들이 죽은 사람이라는 것이다. 우리는 그들에게 벌을 줄 수도, 보상을 제공해줄 수도 없다. 따라서 그들에게 줄 보상을 일일이 계산할 필요가 없다. 고전이 당신에게 도움이 된다면 그들에게 얼마든지 너그러움을 베풀어줘도 된다. 얼마든지 이기적이 되어도 좋다. 오직 당신 자신의 인격의 밀도만 고려하라. 이건 그들에게 너그러움을 베풀 충분한 이유가 된다. 물론 살아 있는 저자를 대상으로 할 때는 문제가 좀 더 복잡해지지만, 여기서는 살아 있는 사람들에 대해서는 다루지 않는다.*

리스와 르 귄이 고전 작품들에 강력하고 감동적인 방식으로 반응함으로써, 그 책들에 대한 우리의 경험까지 풍부하게 해줄 수 있었던 건, 그들이 그 책들을 향해 너그러움을 베풀었기 때문이다. 그들은 단순히 비판을 가하는 데에 그치지 않고 '이상적 순간'과 인간성의 '진짜 알맹이'까지 함께 추구했다. 그들은 옛날 작가들을 그들 자신은 물론 현재의 우리에게까지 연결해주었다. 즉, 우리에게 '괴상한 친족'을 만들어준 것이다. 이처럼 너그러움은 전염성이 아주 강하다.

하지만 과거의 일부 저자나 작품들의 장점만 단순히 취하는 건 너그러움이 아니라는 사실을 명심해야 한다. 너그

---

* 이와 관련된 문제는 캐슬린 피츠패트릭의 《너그럽게 생각하기》를 참조하기 바란다.

러움은 일종의 투쟁이다. 작가와 논쟁을 벌일 정도로 충분히 진지하게 과거와 대면할 필요가 있다. "당신만의 고전 작가란 당신이 관심을 갖지 않을 수 없고, 그와의 관계에서 자신을 정의하거나, 심지어는 그와 논쟁을 벌이도록 당신을 자극하는 그런 작가들을 말한다"라고 이야기한 이탈로 칼비노의 말을 다시 떠올려보기 바란다. 나는 얍복강 옆에서 '한 남자'와 밤새도록 씨름을 벌인 창세기의 야곱에 대해서도 생각해보았다. 그들은 수 시간에 걸쳐 씨름했고, 이윽고 해가 뜨자 그 남자는 그만두려 했지만, 야곱은 그에게 "나를 축복해줄 때까지 당신을 놓아주지 않겠습니다"라고 말한다. 야곱은 나중에 자신과 씨름을 벌인 남자가 신이었다고 고백하는데, 이런 강압적인 태도로 신을 대하는 건 아무래도 좀 지나친 것 같지만 야곱이 원한 것이 무엇이었는지를 고려할 필요는 있다. 사실 투쟁과 요구가 경외심과 양립 불가능하다고 생각하는 건, 아마도 경외심의 본질에 대한 오해일 것이다.

러디어드 키플링은 자신의 유명한 시 〈습자책 표제의 신들〉에서 습자책copybooks에 대해 묘사한 바 있다. 오래전 어린이들은 습자책에 글씨를 써가면서 손글씨를 배웠다. 습자책이란 아이들이 따라 쓸 수 있도록 각 페이지 상단부에 명문을 새겨 넣은 노트를 말한다. 아이들이 할 일은 각 페이지의 격언을 그 페이지 맨 위에서 맨 아래까지 베껴 쓰면서 필체를 교정해나가는 것이었다. 내가 학교에 들어갈 무렵에는 습자책이 더 이상 사용되지 않았고, 그 대신 선생님이 칠판에다 "날쌘 갈색 여우가 게으른 개에게 달려들었어요" 같은 문장을 적으면 이를 열심히 따라 쓰곤 했다. 하지만 옛날 교사들은 습자책에 인쇄된 표제들이 글씨체뿐만 아니라 미덕 또한 가르칠 수 있다고 믿었기 때문에 각 페이지 맨 위에 미국 역사상 가장 다재다능한 인물로 알려진 벤저민 프랭클린*Benjamin Franklin*의 《가난한 리처드의 달력*Poor Richard's Almanack*》에 나오는 훈계조의 격언들을 새겨 넣곤 했다. 주로 "좋은 성품은 마치 벌처럼 모든 식물로부터 꿀을 모아들입니다"와 같은 미덕을 권고하고 악덕을 경계하는 문구들이었다.

키플링의 시의 주제를 한마디로 표현하자면 "내가 정말 알아야 할 모든 것은 습자책 표제에서 배웠다" 정도다. 실제로 그 표제들은 단순하면서도 확고부동確固不動한 지혜를 제공해준다. 그 문장들은 플루타르크의 영웅전 같은 책들로부터 배울 수 있는 교훈들을 간결하게 요약해서 제시해주며, '불이 우리를 확실히 불태우듯 그 물은 우리를 확실히 젖게 할 것'이라는 사실과 '죄의 값은 죽음이다'라는 것을 거듭 일깨워준다. 하지만 사람들은 '습자책 표제의 신들'을 제대로 공경하지 않는 경향이 있다. 1장에서 언급한 '시장의 신들'이 전하는 보다 온화한 복음을 더 선호하기 때문이다. 그런데 그 온화한 신들은 우리를 끊임없이 속여왔다. 키플링은 이 점을 다음과 같이 표현했다.

> 그때 시장의 신들은 무너져 내렸고,
> 그들의 유려한 말솜씨는 수그러들었다네.
> 범인들의 기슴은 다시 겸허해져
> 반짝인다고 해서 다 금은 아니라는 말과
> 둘에 둘을 더하면 넷이라는 말이
> 진실이었음을 믿기 시작했지.
> 그리고 습자책 표제의 신들은 그 진실을
> 다시 한번 설명하기 위해 일어섰네.*

키플링이 생각하기에 '습자책 표제의 신들'의 가장 탁월한 점은 그들의 지혜가 영원하다는 점이었다. 그는 이렇게 썼다. "그들은 결코 보폭을 바꾸지 않았다네 / 시장의 신들처럼 바람을 타고 다니는 존재가 아니었지." 시장의 신들의 언어가 기민하다는 점을 인정하기에 하는 말인데, 격언의 형태로 전해지는 고대의 지혜가 정말로 인간의 모든 필요를 충족시켜준다고 할 수 있을까? 인간의 본성은 바뀌지 않지만, 인간의 환경은 변하는 것이라면, 비록 습자책 표제가 말하는 것들이 흠결 없이 완전하다 하더라도, 그 구절들을 현재 우리가 당면한 도전들에 어떻게 적용할 것인지를 터득해야 한다. 그리고 이 일은 단순한 모방 그 이상의 무언가가 필요하다.

요컨대, 그 과업은 우리에게 야곱처럼 될 것을 요구한다. 야곱이 얍복강 옆에서 신적인 존재와 씨름한 건, 그를 이기거나 파괴하기 위해서가 아니라 자신의 적이 엄청난 가치

---

* 다음 시구가 더 훌륭하다.
  "우리의 세계가 희망으로 건설되었다는 점을
  그들은 전혀 몰랐네.
  그들은 달이 치즈라는 사실을 부인했고,
  달이 여성이라는 사실도 부인했으며,
  바람이 말이라는 사실도 부인했고,
  돼지에 날개가 달렸다는 사실도 부인했네.
  그래서 우리는 이 아름다운 것들을 약속하는
  시장의 신들을 숭배했지."

를 지닌 무언가를 지니고 있고, 그것을 자신에게 건네줄 수 있을 것이라고 진지하게 믿었기 때문이다. 그래서 그가 너그러운 태도로 "나를 축복해줄 때까지 당신을 놓아주지 않겠습니다"라고 말할 수 있었던 것이다.

도서관의 그 소년

◇◇

독서 | 과거와의 교감이 선사하는 진정한 가치

　피터 에이브러햄스*Peter Abrahams*는 남아프리카 공화국 요하네스버그의 교외 지역에 위치한 브레드도프시에서 1919년에 태어났다. 그의 가족은 가난했고 그는 제대로 된 교육을 받을 수 없었다. 인종 차별이 극심한 남아프리카 공화국에서 에이브러햄스는 백인도, 흑인도 아닌 유색인종이었다. 하지만 그의 피부색은 사람들이 그를 흑인이라고 생각할 정도로 검었기 때문에 그는 끊임없이 곤경을 치러야 했다. 10살쯤 되었을 무렵, 에이브러햄스는 엄청난 어려움 끝에 세 권의 책을 손에 넣을 수 있었다. 한 권은《Palgrave's Golden Treasury(폴그레이브의 골든 트레저리)》라 불리는 영국의 유명한 시집이었고, 다른 한 권은 영국의 뛰어난 비평가이자 수필가인 찰스 램*Charles Lamb*과 그의 누이 메리 램*Mary Lamb*이 각색한《셰익스피어 이야기*Tales from Shakespeare*》였으며, 또 다른 한 권은 영국 문학을 대표하는 천재 시인 존 키츠John Keats의 시를 편집해 모은《시선집》이었다. 이 작품들은 에이브러햄스에게 하나의 세계나 다름없었다. 그 책들은 그에게 아름다움과 가능성, 희망을 보여주었다.

그렇지만 어쨌든 그의 가족은 가난했고, 에이브러햄스는 가족을 위해 일을 해야만 했다. 그에게 학교는 감당할 수 없는 사치였기에 그는 하루에 단 몇 푼을 벌기 위해 요하네스버그 길거리에서 백인 여성들을 상대로 채소를 팔거나 여러 허드렛일을 했다. 시에 대한 그의 사랑은 더 나은 삶을 향한 그의 희망과 함께 시들어갔고, 그의 모든 에너지는 몇 푼을 모으는 일에 전부 소진되고 말았다.

그러던 어느 날, 그는 요하네스버그 길모퉁이에서 팔 아래 신문을 끼운 채 서 있는 정장 차림의 흑인 남성 한 명을 보게 되었다. 그의 옆에 서서 기웃거리며 신문의 헤드라인을 훑어보던 에이브러햄스는 그 남성의 호기심을 끌었는데, 이렇게 작은 흑인 소년이 글을 읽을 리 없었기 때문이다. 그 남성은 질문 끝에 이 소년이 정말로 글을 읽을 줄 안다는 사실을 알게 되었고, 자신의 성급한 추측에 당혹감을 느낀 그는, 인근에 위치한 반투인(아프리카 흑인 종족 가운데 하나)들의 사회 센터Bantu Men's Social Centre로 그를 데리고 가서 함께 일하자고 제안했다. 몇 년 전 레이 필립스라는 미국 공사에 의해 설립된 이 센터는 이미 요하네스버그에 사는 흑인 및 유색인 거주자들의 사회적 거점으로 자리 잡아가고 있었다. 에이브러햄스가 그곳을 찾아간 뒤 몇 년 후, 넬슨 만델라도 그 센터의 구성원이 되었다.

센터는 에이브러햄스에게 일자리를 주었고, 그는 시간이 날 때마다 센터에 있는 도서관으로 가 책장에 있는 책들을 훑어보았다. 그곳에서 그는 흥미로운 책 한 권과 마주하게 되는데, 그 책은 흑인 운동 지도자 듀보이스 _W. E. B. Du Bois_ 가 쓴 《The Souls of Black Folk(흑인의 영혼)》이었다. 그 책을 펼쳤을 때 그는 다음과 같은 강력한 문장과 마주하게 되었다. "이 정도는 누구나 다 안다. 그 모든 타협과 전쟁, 투쟁에도 불구하고 니그로들은 자유의 몸이 아니라는 사실을."

1954년도에 출간된 에이브러햄스의 자서전 《Tell Freedom(자유를 말하다)》에 언급된 것처럼, 그는 이 명료하고 신선한 문장에 강한 충격을 받았다. 그는 이렇게 썼다. "왜 나는 스스로 그런 생각을 할 수 없었던 것일까? 그 문장을 읽고 난 지금, 나는 내가 오래도록 그 사실을 알아 왔다는 걸 알게 되었다. 하지만 지금까지 내가 아는 것을 나타낼 만한 말을 찾지 못하고 있었고, 듀보이스의 글은 내게 하나의 계시와도 같았다." 이 책은 그를 다른 많은 책들로 이끌어주었다. 그는 계속해서 말했다. "그 후 몇 달 동안 나는 쉬는 시간의 대부분을 센터에 있는 도서관에서 보냈다. 그리고 '미국 흑인 문학' 코너에 있는 책들을 전부 다 읽었다. 나는 나와 완전히 다른 세상을 살다간 남성 및 여성 작가들의 작품을 통해 점차 독립주의자로, 인종독립주의자로 변해갔다."

그렇다고 해서 반투인들의 사회 센터 도서관을 알게 되기 전 그의 정신을 풍부하게 살찌워준 세 권의 영국 서적에 대한 그의 사랑이 사라진 건 아니었다. 대신 그의 마음속에서는 이 두 부류의 책들이 그에게 불어넣어 준 서로 다른 유형의 열망들이 팽팽한 긴장 관계를 형성했다. 이것이 에이브러햄스의 이야기에서 가장 매혹적인 부분이다. 그는 이렇게 썼다. "내 마음은 둘로 분열되었다. 무한한 기회의 땅 미국의 호소력은 강력했다. 할렘(주로 흑인들이 거주했던 지역)과 흑인 대학, '신 흑인new negro' 작가들의 호소력은 내 마음을 온통 사로잡았다. 하지만 찰스 램과 존 키츠, 셸리 같은 작가들과 그 뒤를 따른 영광스러운 무리들은 반대편에서 완전히 다른 매력으로 내 마음을 사로잡았다."

그로부터 수십 년 후, 존 키츠에게 매료된 또 다른 젊은 이는 영국의 작가 제이디 스미스Zadie Smith였다. 1990년경,

런던 북서부에 위치한 윌즈덴 지역에서 혼혈아로 성장하면서 작가의 꿈을 품기 시작하던 10대 시절의 그녀에게 키츠는 하나의 본보기로 없어서는 안 될 존재였다. 그녀는 이렇게 말했다. "존 키츠의 이름을 처음 들었을 때 전 14살이었어요. 제 마음속에서는 그와의 유대감, 계층에 기반을 둔 유대감이 자라났지요. 물론 키츠가 완전히 노동자 계층이었던 건 아니고, 흑인인 것도 아니었지만, 그가 처해 있던 상황은 전반적으로 다른 작가들보다는 저와 더 비슷해 보였어요. 예컨대 그는 버지니아 울프나 바이런, 포프, 에벌린 워, 우드하우스, 애거사 크리스티 같은 작가들이 느낀 것과 같은 문인의 권리 의식을 전혀 느끼지 못했지요." 키츠가 문단에 발을 들여놓을 자격을 제대로 갖추고 있지 못했다는 사실은 스미스가 그에게 빠진 주된 이유들 중 하나였다. "키츠는 자신의 독자들에게 '초심자 환영'이라고 적힌 옆문으로도 작가의 세계에 들어갈 수 있다는 점을 확인시켜주었습니다."

비록 키츠는 백인 남성이고 스미스는 혼혈인 여성이지만, 그들은 공통점이 아주 많았다. 예컨대 그들은 영국인일 뿐만 아니라 런던의 같은 지역 출신이기도 했다. 비록 키츠 생존 당시에는 윌즈덴이 런던 외곽에 위치한 소도시였지만 말이다. 둘 사이에 존재하는 이런 연관성은 스미스에게 아주 큰 의미가 되었다. 그녀는 이렇게 말했다. "롤 모델이라는 용어는 너무나도 혐오스럽지만, 사실 마음속에 품은 롤 모델 없이 앞으로 나아갈 수 있는 작가는 정신력이 아주 강한 작가입니다. 키츠가 그런 작가였지요."

피터 에이브러햄스가 키츠의 성장 과정에 대해 아무것도 몰랐을 것이란 건 거의 확실하다. 그리고 그는 자신이 좋아한 다른 작가들과 아무런 공통점도 없었다. 그가 매력을 느낀 건 영어라는 언어와 그 작가들이 그 언어를 사용한 아름다운 방식뿐이었다. 하지만 그 아름다움은 할렘의 작가들이 에이브러햄스가 처한 상황에 호소한 것만큼이나 강력하게 그의 마음을 사로잡았다.

에이브러햄스는 자신이 결국 남아프리카 공화국을 떠나게 될 것이란 걸 알고 있었다. 하지만 그는 한 번은 이쪽으로, 한 번은 저쪽으로 그를 잡아당기는 두 힘들의 가치부터 평가해야만 했다. 그에게 분명했던 건 미국의 흑인들도 자유롭지는 못했지만 적어도 그런 부不자유를 표현할 자유만큼은 갖고 있었기에 미국은 흑인인 그에게 제공해줄 것이 더 많았다는 점이다. 그런데 영국은 비록 거기서는 그가 편하게 지낼 만한 사람들이 없음에도 미국의 매력을 압도했다. 어떻게 그럴 수 있었던 것일까? 그건 한마디로 이제는 고인이 된 사람들이 영국의 황야를 가로지르고, 영국의 길들을 조용히 걸어가면서 부른 아름다운 노래가 지구 반대편에서 다른 시대를 살아가는 한 흑인 소년의 심금을 울렸기 때문이다. 결국 그 매력은 거리와 차이로부터 비롯된 것이었다.

나는 결심했다. 언젠가는 영국으로 갈 것이라고. 아마도 그 후에는 다시 미국으로 갈지도 모르지만, 나는 영국부터 갈 것이다. 내가 영국에 가려는 이유는 그곳에서 나를 부른 죽은 이들이, 적어도 내게는 가장 생생하게 살아 있는 사람들보다 더 살아 있는 것처럼 느껴졌기 때문이다.

에이브러햄스는 1939년 런던으로 떠났고, 이후 영국에서 살면서 소설과 기사문을 집필하다가 1959년에 그가 여생을 보낸 안식처인 자메이카로 거처를 옮겼다. 그는 "내 마음은 둘로 분열되었다"라고 쓴 바 있는데, 이와 비슷한 상태를 5장에서도 목격한 바 있다. 우리는 독자들의 마음 상태가 회의주의와 희망으로, 날카로운 비판과 '이상적 순간'을 향한 추구로 분열되는 모습들을 살펴보았다. 하지만 이건 다소 다른 종류의 분열이다. 자신의 애장서 세 권을 택하든,《흑인의 영혼》한 권을 택하든 간에 에이브러햄스가 추구한 건 일종의 자극제였다. 요하네스버그의 백인 여성들에게 봉사하며 몇 푼을 번 뒤 밤중에 다시 빈민가로 되돌아가는 삶보다 더 높고 더 나은 무언가를 추구하도록 격려해줄 자극제 말이다.

하지만 듀보이스의 목소리가 그에게 지닌 호소력은 죽은 영국 시인들의 목소리가 지닌 호소력에는 미치지 못했다(물론 미국 흑인 문학이 그를 인종독립주의자로 바꿔놓긴 했다). 그래서 그가 "그곳에서 나를 부른 죽은 이들이 적어도 내게는 가장 생생하게 살아 있는 사람들보다 더 살아 있는 것처럼 느껴졌다"고 말한 것이다. 그들이 그에게 제공해준 것은 다름 아닌 '시간의 대역폭'이었다. 이 시간의 대역폭은 그 스스로는 정의할 수 없는 방식으로 그의 인격의 밀도를 높임으로써, 그의 행복감을 고양시켜주었다. 아마 삶의 다른 단계에서는 그도 다른 메시지들에 귀를 기울이면서, 다른 우물로부터 물을 길어 올려야 했을 것이다. 하지만 당시 그 순간에 그의 충성을 끌어낸 것은 바로 영국의 시인들이었고, 그래서 그는 영국으로 떠나기로 한 것이다.

18세기 말경, 매사추세츠주 보스턴시에 사는 케일럽 빙엄*Caleb Bingham*이라는 이름의 한 남자는 《The Columbian Orator(미국의 웅변가)》라는 명문집을 출간했다. 이 책은 엄청나게 유명해져서 미국 전역의 학교에서 교재로 활용되었고, 수차례에 걸쳐 개정판과 증보판을 거듭하다가, 첫 출간 후 10년이 되던 해에 버지니아주에 사는 한 노예 소년의 손에 들어갔다. 거의 문맹이나 다름없던 그 소년의 이름은 미국의 노예해방론자 프레더릭 더글러스*Frederick Douglass*였다. 자신의 자서전에서 그는 그 경험을 다음과 같이 묘사했다.

당시 나는 12살쯤이었고, '평생 노예로 살아야 한다'는 생각이 내 가슴을 무겁게 짓누르고 있었다. 바로 그 시기에 《미국의 웅변가》라는 책 한 권을 손에 넣게 되었다. 틈날 때마다 그 책을 읽고 또 읽었다. 흥미로운 내용들이 많았지만, 그중에서도 특히 한 주인과 노예 사이에 벌어진 논쟁에 매료되었다. 그 노예는 주인으로부터 세 차례나 도망친 것으로 나왔고, 그 논쟁은 노예가 세 번째로 잡혀 왔을 때 그들 사이에 벌어진 대화 내용을 묘사하고 있었다. 이 대화에서 주인은 노예 제도를 옹호하는 온갖 주장들을 펼치지만, 노예는 주인의 주장들을 전부 논박한다. 그는 주인의 주장에 대한 답변으로 매우 인상적인 것은 물론 아주 현명하기까지 한 견해들을 내놓는다. 그의 웅변은 그 스스로 바라기는 했지만, 전혀 기대하지 않은 효과를 내게 된다. 그 대화에 설득 당한 주인이 자신의 노예를 자발적으로 해방시켜준 것이다.

여기 언급된 '주인과 노예 사이의 논쟁'은 존 아이킨_John Aikin_과 그의 여동생인 아나 바볼드_Anna Barbauld_(많은 학자들은 노예제 폐지 운동에 헌신한 경력이 있는 그녀가 이 대화의 저자일 것으로 추정한다)가 1793년도에 출간한《Evenings at home(집에서 보내는 저녁)》에 처음으로 실린 글이다. 이 대화는 원래 가족들이 모여서 함께 읽으며 즐거움과 도덕적 교훈을 얻을 수 있도록 하기 위해 집필된 것이지만, 빙엄은 이 글이 학교 교육에도 얼마든지 활용될 수 있다고 보았다. 어린 더글러스가 이 노예의 대범한 발언들을 마음속에서 되풀이하는 모습(또는 주변에 듣는 사람이 아무도 없다는 걸 확인하고 큰 소리로 낭독하는 모습)을 상상하기란 그리 어려운 일이 아닐 것이다. 그 발언은 대략 다음과 같다.

나는 내 고향에서 성실히 일하고 있었는데, 기만적인 방법으로 납치를 당했습니다. 사슬에 묶인 채 당신의 동포 중 한 명에게 팔렸고, 그의 배로 여기까지 끌려온 뒤, 마치 가축이라도 되는 것처럼 시장에 진열되었습니다. 당신이 저를 산 건 그때였습니다. 이 모든 폭력과 부당함의 어떤 단계가 노예를 소유할 정당한 권한을 부여해주는 걸까요? 정당함은 저를 납치한 그 악인이나 그런 일을 하도록 그를 유혹한 노예 상인에게 있는 것입니까? 아니면 당신의 땅을 경작할 인간 가축을 데려오라고 그 노예 상인을 부추긴 당신에게 있는 것입니까?

《미국의 웅변가》에 실린 글들 중 이 글만이 노예 소년의 마음을 움직인 것은 아니었다. 더글러스는 "그 책에서 나는 천주교 해방을 옹호하는 리처드 브린즐리 셰리든*Richard Brinsley Sheridan*의 웅장한 연설을 접하게 되었다"라고 쓴 바 있다. 이 연설은 더블린 토박이였던 셰리든이 영국 의회에서 한 연설로, 로마 가톨릭 신앙이 아일랜드에서 더 이상 억압당해서는 안 된다는 주장을 담고 있다. 여기서 가장 놀라운 건 그 어느 곳보다도 억압적인 환경 속에서 생활하고 있던 어린 더글러스가 주인과 노예 사이에 이루어진 논쟁과 이 연설 모두를 이해했다는 사실이다. 그는 그 자신이 처한 상황과 직접 관련지음으로써, 그리고 다른 한편으로는 매우 다른 장소에서 일어난 매우 다른 문제를 자기 것으로 받아들임으로써, 두 편의 글 모두에 깊이 공감하고 있었다.

나는 이 글들을 나만의 것으로 만들었다. 두 편의 글을 읽고 또 읽었지만, 그 글들에 대한 내 관심은 수그러들 줄 몰랐다. 그들은 내 영혼에서 솟아난 흥미로운 생각들에 목소리를 부여해주었는데, 이전까지만 해도 그 생각들은 내 마음속에 번뜩이며 떠올랐다기 표현 수단을 찾지 못한 채 다시 수그러들곤 했었다. 내가 그 대화로부터 얻은 교훈은 진실이 노예 주인의 양심에 영향력을 끼칠 수 있다는 사실이었다. 셰리든으로부터 얻은 건 노예 제도를 대담하게 비판하면서 인권을 강력하게 옹호하는 그의 정신 자세였다.

어린 더글러스는 자신의 상황이 직접적으로 반영되어 있는 그 '논쟁'을 매우 소중히 여겼다. 그 글에는 자신과 똑같아 보이는 사람, 자신이 경험한 것과 같은 구속을 경험한 사람이 유창한 언어로 스스로를 옹호하는 모습이 담겨 있

도서관의 그 소년

었기 때문이다. 그는 영국 의회에서 노예 제도와 전혀 다른 주제에 관해 이야기한 아일랜드인의 연설 또한 매우 소중히 여겼는데, 이 역시 표현 수단을 찾지 못한 채 다시 수그러들곤 했던 그의 영혼에서 솟아난 흥미로운 생각들에 목소리를 부여해주었기 때문이다.

그로부터 한 세기 후, 피터 에이브러햄스는 이와 완전히 똑같은 방식으로 듀보이스가 자신에게 그동안 명확히 이해하지 못하고 있었던 핵심적인 무언가를 이야기해주었다는 점을 발견하게 되었다. 그래서 그가 "나는 내가 오래도록 그 사실을 알아 왔다는 걸 깨달았다. 하지만 지금까지 나는 그 지식을 나타낼 말을 찾지 못하고 있었다"라고 말한 것이다. 그가 읽은 영국의 시들도 그에게 이와 비슷한 깨달음을 주었다.

이 두 남성의 경험은 독서의 엄청난 영향력을 입증해준다. 그리고 그 영향력이 공통점(말하는 사람이 처한 상황이 나와 같다는 느낌)으로부터 비롯되기도 하지만 차이점(말하는 사람의 상황이 나와 다르다는 느낌)으로부터 비롯되기도 한다는 점 또한 보여준다. 정신적, 도덕적 건강을 위해 우리는 이 둘 다 필요하다. 그런데 현재주의는 전자를 지나치게 강조하면서 후자를 무시하는 경향이 있다. 후자는 제대로 인식조차 못 한다고 말하는 편이 더 낫겠다. 그래도 다행인 건 우리는 결국 어떤 식으로든 다름의 필요성을 깨닫게 된다는 것이다.

앞에서 롱나우 재단에 관해 이야기한 바 있는데, 그 설립자 중 한 명인 브라이언 이노라는 음악가는 '큰 여기와 긴 지금*Big Here and the Long Now*('큰 여기'는 아마도 공간의 대역폭이라고 말할 수 있을 것이다)'의 관점에서 사고하는 것의 가치에 대해 글을 써왔다. 만일 사람들이 원하는 것이 이런 태도라면, 그것은 다른 문화에 관한 관심의 형태(예컨대 다른 언어를 배우거나 다른 문화권의 번역서를 읽는 행위 등)로 모습을 드러내야 한다. 하지만 유감스럽게도 영어권 국가에 사는 사람들, 특히 미국인들은 다른 언어로 쓰인 작품들에 별다른 흥미를 못 느끼는 경향이 있다. 그런데 한편으로는 '최초의 접촉*first contact*', 즉 외계 생명체와의 조우와 같은 것에는 커다란 흥미를 갖는다. 이 주제를 다룬 공상과학 소설과 영화를 수없이 만들어온 걸 보면 알 수 있다. 이는 사람들이 어느 정도는 정말로 '큰 여기', 우주를 포함할 정도로 '큰 여기'에 매혹된다는 점을 암시해준다. 그리고 이 점은 꽤 고무적이다. 그렇지 않은가?

안타깝지만 사실 별로 그렇지 못하다. 그런 종류의 '큰 여기'는 적어도 그것이 더 직접적이고 더 진실된 접촉의 대체물로 활용되는 한, 도나 해러웨이의 '괴상한 친족 만들기' 프로젝트만큼이나 나를 고무시키지 못한다. 아무래도 인간에게는 그 자신만의 방식(통제되고 위협적이지 않은 방식)으로 '다름'과 접촉하고 싶어 하는 성향이 있는 것 같다. 이를테면 다른 나라로 여행을 가면서 유창한 영어를 구사하는 가이드와 영어가 모국어인 동료들을 대동한 채 단체로 여행을 떠나는 경우를 예로 들 수 있다. 그렇다고 그러한 충동을 이해 못 하는 건 아니다. 나 역시 단체 여행을 즐기지는 않지만, 다른 나라에 가서 그 지역의 언어로 말을 하려고 시도할 때마다 대화 상대의 쓴웃음과 마주하게 된다. 그 상대는 '그냥 이렇게 하는 게 서로 편하겠다'는 듯 바로 영어로 말한다. 그래서 이 같은 전환에 저항한다는 건 나로서는 불가능한 일이다. 그 모두를 단순히 묵인하는 것이 더 쉬운 데다가 '상대의 제안을 따름으로써 예의를 갖추었다'고 나 자신을 설득할 수도 있기 때문이다.

아마도 영화를 통한 간접 경험은 이보다 훨씬 더 쉬울 것이다. '최초의 접촉'을 다룬 공상과학 영화 속에서 끔찍한 일이 벌어진다고 하더라도, 그 일은 어디까지나 영화 속에서 벌어진 일이고, 집으로 돌아오면 변한 건 아무것도 없기 때문이다. 게다가 시몬 베유가 2장에서 인용한 구절에서 지적했듯이, 사람들이 상상하는 미래는 이질적인 무언가가 아니라 우리가 상상한 것, 사람들이 상상할 수 있는 것일 뿐이다. 그런데 사람들이 가장 필요로 하는 건 우리가 상상할 수 없는 것인 경우가 많다.

이 모든 경험들은 과거와의 진정한 교감을 추구하는 것이 가치 있음을 알려준다. 사실 과거는 여러 가지 면에서 현재와 다르며, 현대인들은 그 다름을 전혀 통제할 수 없다. 또한 과거는 현대인들이 이해할 수 없는 방식으로, 혹은 (갑자스럽게) 완벽히 이해할 수 있는 방식으로 말을 걸어온다. 버지니아주의 한 노예 소년이 런던에서 행해진 아일랜드인의 연설을 읽고 전율을 느꼈을 때, 또는 요하네스버그 빈민가의 한 아이가 영국의 전원을 노래한 운문을 읽고 감동했을 때, 그런 순간들이 바로 '큰 여기와 긴 지금'인 것이다. 그런 순간은 개방성과 인내심을 갖춘 사람, 약간의 지루함과 약간의 혼동, 약간의 짜증을 감내할 의향이 있는 모든 사람에게 열려 있다. 접근은 용이하고, 체계적인 계획도 필요 없는 데다, 별로 위험하지도 않다. 그런데 그에 비해 보상은 실로 어마어마할 수 있다.*

소설가 겸 에세이스트 레슬리 제이미슨Leslie Jamison의 팔에는 문신이 하나 있다. 그 문신은 "나는 인간이고, 따라서 인간적이지 않은 것이라면 그 무엇도 내게 낯설지 않다 *Homo sum, humani nihil a me alienum puto*"라는 라틴어 문장이다. 이 문장은 로마의 시인이었던 테렌스*Terence*의 한 희곡에서 따온 것인데, 그것에 대한 제이미슨의 생각이 흥미롭다. 무엇보다도 그녀는 그 문장을 묘사할 때 단어 하나를 빼먹는다. 그녀는 '인간적인'이란 표현을 빼놓고 "나는 인간이고, 그 무엇도 내게 낯설지 않다"라고 말한다. 처음에는 이 표현에 대해 확신이 잘 안 섰다. 박쥐나 비둘기, 매, 딱정벌레로 산다는 건 내게 정말로 낯선 것으로 느껴지기 때문이다. 하지만 이보다 더 중요한 건, 그녀가 자신의 마음속에서 그 구절의 의미가 변화되어온 방식에 대해 언급했다는 점이다. 처음 그 문신을 새길 때 그녀는 그 문구를 '공감 능력의 한 표현으로 간주'했다. 그런데 그 이후로는 그 의미가 다소 변하게 되었다. 그녀는 이렇게 말했다. "이제 저는 그 표현을 상당한 내적 긴장을 품고 있는 하나의 정서적 태도로

---

* 과거 세계 전체와 교감을 나누고 싶다면 프로젝트 구텐베르크 사이트(https://gutenberg.org)를 방문해보기 바란다.

바라봅니다. 어떻게 우리는 서로의 경험에 공감할 수 있는 걸까요? 그런 이해의 한계는 어디까지일까요? 저는 정서적 태도에 긴장이 좀 내재되어 있어도 괜찮다고 생각합니다. 저는 그런 게 유용하다고 생각해요. 그 긴장은 그 정서를 타닥거리며 타는 상태로 유지해주거든요."

이건 탁월한 비유다. '타닥거림crackling'이란 표현은 과거의 것들을 포함한 다양한 요소들이 서로 마찰을 일으키며 서로에게 반응을 보일 때 생기는 불꽃과 허공으로 날아오르는 불똥을 함께 연상시켜준다. 테렌스의 구절은 내가 종종 인용하는 문장으로, 그 문장을 인용힐 때마다 항상 테렌스가 인간적인 모든 것이 자신에게 투명하고 즉시 접근 가능한 것으로 드러난다고 말하지 않았다는 점을 지적한다. 그는 단지 그것이 낯설지 않고, 자신의 경험과 전적으로 무관하지 않으며, 자신의 질문에 대해 완전히 닫혀 있지 않다고 말한 것뿐이다. 그것은 어떤 식으로든 저항을 일으킨다. 하지만 그 저항과 그것을 극복하기 위해 우리가 기울여야 하는 노력은 죽은 이들과 함께 식사하는 과업의 필수적인 한 부분이다.

금욕주의자들의 시대

◈

인정 | 건강하게 과거와 관계 맺는 법

고대 스토아주의가 남성들 사이에서 다시 인기를 끌고 있다. 그런데 여기에는 다소 이상한 점들이 있다. 이를 아는 사람은 많지 않아 보이지만, 스토아 르네상스(이렇게 부를 수 있다면)의 씨앗이 처음으로 심어진 건 미국의 작가이자 저널리스트인 톰 울프*Tom Wolfe*가 1998년도에 출간한 소설《A Man in Full(완벽한 남자)》을 통해서였다. 이 소설에서 특히 흥미로운 점은 작가가 스토아주의와 남자다움 사이의 연관성을 강조한다는 것이다.《완벽한 남자》의 주요 등장인물 중 한 명은 애틀랜타의 부동산 개발업자인 찰리 크로커인데, 그는 자신을 심각한 재정적 어려움 속으로 몰아넣게 되고, 이 상황은 다시 또 다른 종류의 어려움들을 연달아 불러일으킨다. 깔끔하게 정돈되어 있던 찰리의 삶은 도미노처럼 연쇄적으로 무너지기 시작하고, 가지 치듯 뻗어 나가는 실패는 결국 인생의 의미와 가치에 대해 스스로 질문을 던지도록(자신을 아직도 '남자'라고 부를 수 있는 건지 침통하게 자문하도록) 만든다.

이 시점에 누군가가 찰리의 삶 속으로 걸어 들어온다. 그는 콘래드 헨슬리라는 이름의 젊은 남성으로, 굴욕적인 신체적 질병에 대처할 수 있도록 찰리를 돕는 간호조무사다. 콘래드는 자신의 개인적 명예를 지키기 위해 사전형량 조정 제도(죄를 인정하거나 다른 사람에 대해 증언하는 대가로 형량을 줄여주는 제도—옮긴이)를 거부한 채 감옥에 있다 나온 전과자이기도 하다. 죄를 사면받으려면 자신이 저지르지도 않은 잘못을 저질렀다고 거짓말을 해야만 했다. 그는 감옥에서 그렇게 꼿꼿한 태도를 보이는 게 과연 현명한 일인지 의문을 품게 되지만, 고대 그리스 시대의 철학자 플루타르크와 동시대인이자 그리스의 스토아 철학자였던 에픽테토스 *Epictetus*의 글이 실린 책과 우연히 마주친 이후로는 원래의 신념을 지킬 수 있었다. 에픽테토스의 조언은 콘래드에게 형량 협상을 거절한 그의 행동이 옳았다는 점을 확신시켜주었는데, 고귀한 인간은 자신에게 닥칠 결과에 상관없이 올바른 행동을 선택하기 때문이다.

오직 에픽테토스만이 이해하고 있었다. 콘래드 헨슬리가 형량 협상을 받아들이길 거절한 이유를 이해한 건 오직 에픽테토스뿐이었다. 오직 그만이, 콘래드가 자신의 몸을 굽히고, 품위를 손상시키는 걸 거절한 이유를, 감금형을 면제받을 수 있도록 단순한 일탈에 불과한 경범죄를 고백하는 걸 거절한 이유를 이해할 수 있었다.

이건 콘래드에게 놀라운 경험이었다. 에픽테토스가 지구 반대편에서 2천 년의 세월을 가로질러 그에게 직접 말을 걸어온 것이다. 게다가 콘래드는 에픽테토스의 글들 속에 또 다른 무언가가, 더 위대한 무언가가 담겨 있다는 사실 또한 깨달았다. 그의 작품 속에 들어 있는 건 삶의 철학 전체, 즉 어떤 순간에서든지 올바른 결정을 내릴 수 있도록 도와줄 믿을 만한 하나의 지침이었다. 그래서 콘래드는 이 철학을 찰리에게 소개해주기로 결심한다. 에픽테토스를 비롯한 다른 스토아주의자들의 철학은 상당히 정교했고, 콘래드와 찰리가 보기에 그 핵심은 대략 다음과 같았다.

에픽테토스가 하고자 한 말은 지극히도 간단한 것이었는데, 그는 그것을 다양한 방식으로 끊임없이 반복해서 이야기했다. 모든 인간은 제우스 신의 자손들로, 그로부터 신성한 불꽃을 물려받았다. 일단 그 불꽃을 받으면 그 누구도, 심지어 제우스도 당신에게서 그것을 빼앗아갈 수 없다. 그 불꽃은 당신에게 이성적 추론 능력과 행동하거나 행동하지 않으려는 의지, 취하거나 취하지 않으려는 의지 등을 제공해준다. 그렇다면 무엇을 취하거나 피한다는 말인가? 에픽테토스는 "취해야 할 것은 선한 것이고, 피해야 할 것은 악한 것이다"라고 말한다. 돈과 소유물, 명성, 권력 등과 같이 당신의 의지대로 할 수 없는 것들에 대해 괴로워하면서 삶을 허비하는 건 소용없는 짓이다. 이와 마찬가지로 네로의 독재나, 투옥, 신체적 위험 등과 같이 당신 의지에 따라 좌우되지 않는 것들을 피하려고 애를 쓰면서 삶을 허비하는 것 또한 소용없는 짓이다. 콘래드는 이 구절을 읽으면서 고개를 끄덕인다. 에픽테토스는 '벌벌 떨고 애통해하면서 불운을 피하려 애쓰는 사람들'을 특히 경멸했다.

콘래드가 예전에는 부유하고 힘 있고 능수능란했지만, 이제는 가난하고 겸허해진 찰리에게 전해준 건 바로 이 구절이다. 이 이야기를 들은 찰리는 '불운을 피하기 위해' 거짓말을 하거나 나쁜 일을 묵인하게 될까? 아니면 자기 내면에 있는 신성한 불꽃을 인식하고 자신의 고유한 품격에 따라 행동할까?

《완벽한 남자》는 금세기 초반, 잠시나마 스토아주의를 문화의 중심부로 가져다 놓았지만, 늘 그렇듯이 이에 대한 관심은 곧 수그러들고 말았다. 그런데 최근에 스토아주의가 다시 살아나면서 콘래드와는 다소 다른 방식으로 스토아 철학을 받아들인 사람들에 의해 활용되고 있다. 이는 일부 사람들이 '매노스피어*manosphere*(남성을 위해 남성에 의해 만들어진 인터넷 공간으로, 남성성에 대한 이해를 지지한다)'라고 부르는 개념으로 이어진다.

고전주의자이자 온라인 클래식 저널《아이돌런》의 창립자이기도 한 도나 저커버그*Donna Zuckerberg*는 어떻게 온라인 남성 문화가 고전적 개념 체계 위에, 그것도 스토아 철학의 개념 체계 위에 구축될 수 있는 것인지를 연구하면서 오랜 시간(생각만 해도 몸서리가 쳐질 정도로 긴 시간)을 보냈다. 하지만 안타깝게도 그녀의 보고는 매혹적인 것에 비해 고전주의적 매노스피어에 대한 그녀의 태도는 설득력이 다소 떨어진다.

저커버그는 '빨간 약 스토아주의자들*red pill stoics*'이라고 부르는 확산 집단에 특히 흥미를 느꼈다. 매노스피어에 접속하는 많은 사람들은 자신들이 영화 〈매트릭스〉의 네오처럼 정신을 마비시키는 '파란 약'을 거부하고 세계의 실상을 드러내주는 '빨간 약'을 선택했다고 생각한다. 반면 파란 약을 선택한 사람들은 페미니즘과 다문화주의, 인종평등주의 등을 믿는 경향이 있는데, 여기서는 이 모든 개념이 미디어를 통해 끊임없이 판매되어온 상품들에 불과하다. 빨간 약을 선택한 사람들은 자신들이 그런 개념들의 허구성을 볼 수 있다고 믿으면서 그들에게 문제가 되는 건, '백인 남성을 깎아내리기 좋아하는 환경 속에서 어떻게 살아남을 것인가'라는 것뿐이다.

따라서 온라인상에 존재하는 빨간 약 커뮤니티들의 관심은 상당 부분 자기 계발에 몰려 있는 경향이 있다. 저커버그는 이렇게 말했다. "많은 남성들이 빨간 약 커뮤니티에 끌리는 이유는 그곳이 자신과 비슷한 생각을 가진 사람들과의 대화의 장을 제공해주기 때문이기도 하지만, 그들 스스로 자신을 향상하는 법에 관한 조언을 구하고 있기 때문이기도 합니다." 스토아주의가 개입되는 건 바로 이 지점에서다. "스토아주의는 명시적으로 자기 향상에 초점을 맞추므로 자기 계발을 중시하는 빨간 약 커뮤니티들 속으로 쉽게 섞여 들어갈 수 있다." 또한 그녀는 로마의 철학자 루키우스 안나이우스 세네카*Lucius Annaeus Seneca*가 《화에 대하여*On Anger*》에서 독자들에게 악덕과의 싸움에서 승리를 거두고 있는지 매일 같이 자기 점검을 해보라고 권유했다는 것에 대해서도 언급했다. 나는 여기서 스토아주의에 대한 최근의 관심이 매노스피어에만 국한된 것이 결코 아니라는 점을 보여주기 위해 최근 세네카 저서의 새 판본이 《어떻게 분노를 다스릴 것인가: 평정심을 찾고 싶은 현대인을 위한 고대의 지혜*How to Keep your Cool: An Ancient Guide to Anger Management*》라는 제목으로 프린스턴 대학 출판부에서 출판되었다는 사실을 언급해두려 한다. 프린스턴 대학은 '현대 독자를 위한 고대의 지혜'라는 〈아날로그 아르고스〉 시리즈를 이미 출간한 상태다.

저커버그는 거듭 되풀이해서 스토아주의에 대한 빨간 약 커뮤니티의 해석과 스토아 철학자들의 실제 저작을 병치시킴으로써 때로는 조화롭지 못한 결론에 도달하기도 하고, 때로는 터무니없는 결과들을 산출해내기도 했다. 예를 들어 에픽테토스가 생애 초기에 노예 신분이었다는 점이 알려지면서 빨간 약 커뮤니티 내에 약간의 혼란이 초래된 적이 있다. 더군다나 그가 절름발이였던 것으로 밝혀졌고, 후대의 많은 논평가들은 네로 황제의 비서였던 그의 주인이 에픽테토스의 다리를 일부러 부러뜨린 적도 있다고 주장했다. 신체적 건장함과 근육질의 몸매를 중시하는 남성 커뮤니티 구성원들에게 이런 사실들은 결코 매력적이지 않을 것이다. 그렇다면 에픽테토스의 명예를 회복시킬 방법은 과연 존재할까?

스토아주의에 속하지 않는 한 회의주의자는 이렇게 말했다. "에픽테토스가 표적 질문*targeted questions*을 던져서 주인의 기존 가치관을 좀 흔들어놓았더라면 그가 자신의 다리를 부러뜨리는 걸 막을 수도 있었을 겁니다." 그렇다. 표적 질문이 있다. 그건 그를 노예에서 벗어나게 해주는 강력한 도구다. 하지만 빨간 약 스토아주의자들은 이에 대해 에픽테토스를 옹호했을 뿐만 아니라, 그의 태도가 현시대에 절대적으로 필요한 지혜를 제공해준다고 말하기까지 했다. 예를 들어 만일 흑인들이 북미 대륙에서 수 세기에 걸친 노예 생활과 노골적이거나(예를 들어 공공시설에서 흑인과 유색인종을 분리하는 짐 크로우 법 등) 은밀한('검은' 이름을 가진 구직자에 대한 감점 조처 등) 인종 차별을 경험한 결과, 자신들이 경제적으로 빈곤한 처지에 놓이게 된 것이라고 믿는다면, 그들은 국가 배상금과 같은 합법적인 구제 수단을 요구해서는 안 된다. 대신 그들은 에픽테토스처럼 자신들의 고통으로부터 철학적 지혜를 끌어내려고 해야 한다. 에픽테토스는 노예 신분과 신체적 학대가 자신의 앞길을 가로막도록 허용하지 않았다. 그런데 흑인들이라고 해서 그처럼 못할 이유가 뭐 있겠는가? 즉, 여기서 문제는 노예 상태가 아니라 그들이 자신의 처지에 어떻게 반응하느냐는 것이다.

이런 방법으로 도나 저커버그는 빨간 약 커뮤니티의 스토아주의가 일종의 눈속임에 불과하다는 사실을 설득력 있게 입증해낸다. 그들은 오직 자신들이 이미 진실이라고 믿는 것을 확인하기 위한 목적으로만 스토아 철학자들을 찾으며, 자신들의 생각과 맞지 않는 측면이 발견되면 그것을 그냥 무시해버린다. 저커버그는 인터넷상에 자리 잡은 다른 고대 전통들에 대해서도 이와 똑같은 작업을 해왔다. 예를 들어 여자들에게 인기를 얻고 싶어 하는 남성들은 고대 로마의 시인 오비디우스*Ovid*의《사랑의 기술*Ars Amatoria*》을 읽으면서 성적인 유혹의 기술을 연마한다고 한다. 이런 식으로 매노스피어가 역사적 차이에 대해 무감각하고 완전히 몰상식한 공간이라는 것을 끊임없이 입증한다.

나는 매노스피어에 올라오는 글보다 옛날 작가들에 대한 저커버그의 해석을 훨씬 더 선호하긴 하지만, 그녀도 비숫한 문제를 지니고 있는 건 아닌가 하는 의심을 떨칠 수가 없다. 예전에 그녀는 자신의 책(《죽은 백인 남자들이 다 그런 건 아니겠지》)에다 이렇게 썼다. "고대 그리스와 로마 문화를 향한 빨간 약 커뮤니티의 열정을 분석하고 해체함으로써, 페미니스트들을 위한 색다른 비전과 고대 문화가 현대의 정치적 논의에서 차지할 수 있는 새로운 자리를 드러내주길 희망한다." 그런 뒤 스토아주의를 다루는 장에서 이렇게 말한다. "스토아주의가 왜, 그리고 어떻게 빨간 약 웹사이트를 방문하는 남성들의 반동적 성향에 호소하는지 이해함으로써, 그 철학의 어떤 부분이 진보적인 성 정치학과 사회운동을 촉진하는 데 기여할 수 있는지 판단할 수 있게 된다." 이 말은 오직 현재의 정치적 논의에 도움이 되는 선에서만 고대 문학과 철학에 관심을 갖겠다는 소리나 다름없다. 이런 점에서 저커버그는 사실상 오래된 책을 읽는 목적과 관련해 빨간 약 스토아주의자들과 의견을 같이한다. 그녀는 단지 그들과 정치적 목적이 다를 뿐이다.

이런 관점으로 보면 그 사람이 진보든 보수든 중도든 상관없이 과거의 책들은 유용한 도구가 될 수는 있겠지만, 우리의 스승이 되어줄 수는 없을 것이다. 그 이유 중 하나는 자신 스스로 기존 신념과 배치되는 과거의 지혜에 귀를 기울이지 않을 것이기 때문이다.

다른 예 하나를 더 보면 이를 이해하는 데 도움이 될 것이다. 뉴욕시립 대학교 철학 교수인 마시모 피글리우치*Massimo Pigliucci*는《그리고 나는 스토아주의자가 되었다: 성격 급한 뉴요커, 고대 철학의 지혜를 만나다*How To Be a Stoic: Using Ancient Philosophy to Live a Modern Life*》를 출간했다. 그는 책에서 자신이 스토아주의에 점점 더 매료되어 왔다고 고백했는데, 그 이유는 스토아 철학이 '종교적 형이상학까지도 포함하는 합리적이고 과학 친화적인 철학으로, 반론에 대해 개방적이고, 무엇보다도 엄청나게 실용적'이기 때문이다. 그런데 피글리우치는 단순히 스토아 철학에 흥미만 느낀 것이 아니다. 그는 딱 잘라서 "나는 스토아주의자가 되었다"고 말하고, 스토아주의자가 된다는 것의 의미를 이런 식으로 설명했다. "스토아주의자가 된다는 건 이론적 원칙에 대한 숙고와 영감 어린 구절들에 대한 독해, 명상이나 마음 챙김 같은 종교적 훈련들에 대한 참여를 역동적으로 결합하는 것을 의미한다."

종교학 교수이자 작가인 카를로스 프랭켈*Carlos Fraenkel*의 서평에 의하면, 여기서 문제는 피글리우치가 묘사한 것이 단순히 스토아주의가 아니라는 사실이다. 프랭켈은 이렇게 말한다. "피글리우치는 스토아 철학에서 말하는 좋은 삶이 '신의 존재 여부'나 '신의 구체적 특성' 등과 무관하다고 주장했지만, 나는 그의 의견에 강하게 반대한다." 프랭켈은 오히려 스토아주의적 삶의 방식이 신에 대한 믿음에 전적으로 의존한다고 생각한다. "스토아 철학자들은 제우스 신이 우주의 완결성을 극대화하기 위한 목적으로 인간을 포함한 모든 것을 창조했다고 믿었다. 인간이 특별한 존재로 취급받는 이유는 인간만이 제우스의 이성적 본성을 이어받았기 때문이다. 자신의 운명을 기꺼이 받아들임으로써 제우스가 세운 계획에 동참할 수 있는 건 오직 인간뿐이다."

사실 선한 신이 세상의 질서를 완벽하게 세워놓았다는 것을 믿지 않았더라면, 그 누구도 스토아주의의 엄격한 규범들(젊은 에픽테토스가 노예 신분과 끔찍한 신체적 학대를 오랜 기간 견뎌낼 수 있게 한 그런 종류의 규범들)을 실천하려 하지 않았을 것이다. 피글리우치는 스토아주의자들이 세상을 더 나은 곳으로 만들기 위해 노력했다고 말했지만, 프랭켈은 세상이 이미 완벽하다고 생각했기 때문에 그렇지 않다고 대답한다. 그러므로 행복에 이르는 열쇠는 제우스의 계획을 이해하고 인간의 삶을 그것에 맞게 조절해나갈 수 있도록 해주는 인간의 이성이다. 내 생각에 피글리우치가 단순히 스토아 철학자들에게 많은 것을 배웠다는 것만 인정했더라면, 프랭켈이 그토록 비판적인 태도를 취하지는 않았을 것이다. 하지만 프랭켈이 보기에는 "나는 스토아주의자가 되었다"는 발언은 선을 넘은 것이었다.

프랭켈의 서평을 읽으면서 처음 든 생각은 그가 너무 까탈스럽게 군다는 것이었다. 하지만 그의 글에 대해 생각하면 할수록 그 주장에 더 깊이 공감하게 되었다. 사람들은 별생각 없이 오래된 책과 저자들을 익숙하고 편안한 카테고리('영감 어린 구절들', '명상이나 마음챙김 같은 종교적 훈련들') 속에다 끼워 맞추는 경향이 있다. 이런 태도는 이미 알고 있는 것 너머로 우리를 데려다줄 낯선 글과 말을 읽고 듣는 걸 불가능하게 만든다.

그러므로 3장에서 말괄량이 카타리나를 '길들이는' 페트루치오의 행동이 옳은 것인지에 관한 판단까지 유보할 필요는 없다고 말한 것처럼 오래된 책을 읽을 때 도덕적 가치판단까지 중단할 필요는 없다. 하지만 카테고리를 한편으로 치워놓으려는 노력 정도는 기울일 필요가 있다고 생각한다. 이것이 세계적인 정치철학자 마크 릴라*Mark Lilla*가 주장한 '과거의 작가들을 정당하게 대우하기 위해 우리가 해야 할 일'이다. 그는 이렇게 썼다. "과거에 접근할 때 우리는 종종 당시 사람들에게 해당하지 않는 개념과 카테고리들(종교적인 것이든, 인종적인 것이든)을 적용하기 때문에 그들이 그들 자신을 이해한 방식대로 우리가 그들을 이해하는 데 실패하고 만다."

내가 가장 좋아하는 역사가인 베로니카 웨지우드는 이것이 바로 자신이 역사책을 저술하는 목적이라고 아주 분명하게 말했다. 그녀는 〈영국 내전〉 시리즈의 첫 번째 책에서 이렇게 말한 바 있다. "이 책은 어느 한쪽을 옹호하기 위해 쓴 책이 아니고, 경제적 분석이나 사회 연구를 위한 책도 아니다. 이 책은 당시 사람들이 어떻게 느꼈고 왜 그런 식으로 행동했는지를 그들의 관점에서 이해하기 위한 하나의 시도다." 웨지우드는 이 방법만이 역사책을 쓰는 유일하게 유효한 방법은 아니라는 점도 기꺼이 인정한다. "역사가가 현상의 표층을 뚫고 들어가 당시로서는 알려지지 않았던 새로운 동기와 영향력들을 밝혀내는 건 충분히 합당한 일이다. 하지만 당시 사람들을 만족시켰던 그 동기와 설명을 받아들이는 것 역시 마찬가지로 합당한 일이다." 사실 그녀에 의하면 두 접근법 모두가 필요하며, 둘 중 어느 하나도 '전체 진실로 수용'되어서는 안 된다.

웨지우드는 현시대의 역사가들이 당대 사람들은 받아들이지도, 이해하지도 못했을 만한 언어와 방식을 활용해 소위 말하는 '위'로부터 설명하는 일에만 너무 치중해 있다며, 자신이 '경험의 직접성*immediacy of experience*'이라고 부르는 것을 묘사하는 것에 대한 어떤 가치도 받아들여지지 않았을뿐더러 이해하지도 못했을 거라고 분명히 느꼈다. 그녀는 상상력을 동원해 선인들의 정신적, 감정적 세계 속으로 우리 자신을 투영해보는 것이 가치 있는 훈련이라고 여겼는데, 이런 훈련을 하는 이유는 우리가 그 상황에 있었더라면 무슨 일을 했을지 숙고하기 위해서가 아니라, 당대 사람들에게 그 경험이 직접적으로 어떻게 느껴졌을지 이해하기 위해서다. 이쯤에서 끊임없이 급변하는 세상에 노출된 사람들이 느끼는 경험의 직접성을 묘사하기 위해 근대 이전의 벵골 문학을 활용한 아미타브 고시의 사례(서론 참고)를 떠올려볼 수 있다.

마크 릴라가 주장했듯이, 그와 같은 직접성을 중시하면서 '당시 그들이 자신을 이해한 방식대로' 과거의 사람들을 이해하려 노력하는 건, 그들을 정당하게 대우한다는 하나의 표식이지만, 이런 태도는 사실 우리에게도 큰 도움이 된다. 그는 "오늘날 '인종주의'란 개념은 집단 학살로 이어지는 인종적 열등성 이론에서부터 특정 개인을 향한 의도치 않은 미묘한 차별*microaggressions*까지 모든 것에 적용된다"고 주장했다. 이는 "극단적 '인종주의'와 '워크니스*woke-ness*(사회적 정의 등과 같은 이슈에 민감한 정도를 나타내는 개념—옮긴이)' 사이에 형성되어온 일련의 유용한 개념들(무분별함, 고정관념, 선입견, 편견 등)이 완전히 사라져 버렸다"는 의미다. 그는 계속해서 이렇게 말했다. "결과적으로 우리는 문제의 심각성에 비례하는 도덕적 판단을 내리는 능력을 잃어버리게 되었고, 따라서 과거의 사람들이 그들의 태도와 행동에 대해 어떻게 생각했는지 이해하는 능력까지도 함께 잃어버리게 되었다."

정보 과부하의 대응책으로 트리아쥬를 시행할 때, 판단을 단순화한다는 건 충분히 이해할 만한 일이지만, 거기에서 비롯된 충동성은 그런 단순화의 대가를 고려할 수 없고, 심지어는 알아차릴 수조차 없는 상태로 사람들을 내모는 경향이 있다. 그로 인해 사람들은 선조들과 자신 모두에게 몰인정한 태도를 취하게 되는데, 이는 인간의 가장 핵심적인 자질들 중 하나인 '심각성 정도에 상응하는 도덕적 판단을 내리는 능력'을 스스로 마비시켜 버렸기 때문이다.

도나 저커버그가 연구해온 온라인 대안 우파*alt-right*(백인 남성 중심의 정체성을 중시하며 반다문화주의 등을 지지)와 같은 부류에 속하는 집단에 관한 에세이를 쓴 브라이언 필립스 *Brian Phillips*는 "지성인이 가장 알고 싶어 하는 것은 사람들에게 알려지지 않은 것이다"라는 에밀리 디킨슨*Emily Dickinson*의 시구詩句를 인용하며 이렇게 말한다. "나는 이 말이 진실이라고 믿게 되었지만, 극우 집단에서 유행하는 은비주의 *esotericism*('비밀주의'라고도 한다)는 미지의 것에 대해 조금의 관심도 나타내 보이지 않는다. 그들은 자신들이 듣고 싶은 소식만 듣고 싶어 한다." 하지만 우파들만 이런 함정에 빠져드는 건 아니다. 우리 중 그 누구라도 자신의 가정을 확인받길 좋아한다는 점을 부인한다면 그는 거짓말을 하거나 자기 자신을 기만하고 있는 것이다.

연극 평론가 테리 티치아웃*Terry Teachout*은 극장을 찾을 때 품었던 그 신념을 갖고 극장 문을 나서도 좋다고 안심시키는 식으로 관객들에게 아첨하는 연극을 '합의 연극*theater of concurrence*'이라 했다. 나는 필립스가 쓴 에세이의 마지막 구절이 이 장의 내용에 관한 적절한 해설을 제공해준다고 생각한다. 우리 모두는 어떤 식으로든 온 세상이 우리에게 한 편의 합의 연극처럼 나타나기를 기대하기 때문이다. 그 구절은 다음과 같다. "이 세상에 존재하는 그릇된 지식의 종류는 엄청나게 다양한데, 그중에서도 가장 위험한 지식은 다름 아닌 욕망에 화답하는 지식이다. 그릇된 정책은 꿈을 자양분으로 삼는다."

이건 정말 맞는 말이다. 이 과정이 어떻게 작동하는지 이해하려면, 6장에서 언급한 프레더릭 더글러스에게로 다시 돌아갈 필요가 있다. 미국의 건국자들에 관한 그의 성찰(1852년 7월 4일, '7월 4일이 흑인들에게 갖는 의미'란 제목으로 뉴욕 로체스터시에서 행한 연설)은 건강한 방식으로 과거와 관계 맺는 법을 보여주는 가장 탁월한 사례들 중 하나다. 그는 "그들은 위대한 인물이었습니다"라고 인정하는 것으로 연설을 시작하지만, 곧바로 이어서 이렇게 말한다. "그들을 바라보는 제 시각은 분명 그다지 호의적인 것은 아니었습니다. 하지만 그럼에도 저는 그들의 위대한 업적을 예찬하지 않을 수 없습니다."

그렇다. 더글러스는 그들을 비판적인 관점에서 바라볼 수밖에 없었다. 나라의 기반을 다질 때 노예제를 폐지하는 데 실패한 그들 때문에 자신이 노예 생활을 해야 했고, 구타와 학대, 인권 박탈 등을 경험해야 했으며, 해방을 맞이할 때까지 속박과 두려움 속에서 살아야만 했다. 하지만 그럼에도 그는 "그들이 행한 선과 힘들게 지켜낸 원칙 때문에 여러분과 함께 그들을 기리는 일에 동참할 수 있게 되었습니다"라고 말했다.

그렇다면 미국 건국자들의 어떤 자질들이 더글러스에게 그토록 고귀하게 보인 것일까? 첫째, 그들은 자신의 나라를 그들 자신의 사적인 이익보다 더 사랑했다. 이건 분명 좋은 자질이다. 둘째, 그들은 평화주의자였음에도 구속에 대한 평화로운 굴종보다는 혁명을 더 선호했다. 이것도 좋다. 이는 더글러스 자신에게도 해당되는 말이다. 또한 그들은 올바르지 않은 그 무엇도 '해결된 것settled'으로 간주하지 않았다. 이건 정말로 탁월하다. 그렇지만 이 모든 것 중에서도 최고는 '그들에게 있어 결정적인 것은 노예제와 억압이 아닌 정의와 자유, 인간애였다'는 점이다. 따라서 그는 "여러분이 그런 인물들을 기념하는 건 지당한 일입니다. 그들은 당대 이후로 수 세기 동안 위대한 인물들이었습니다"라고 말할 수 있었다.

하지만 그들의 업적은 비록 당대에는 놀라운 것이었지만, 이제는 더 이상 적절한 것으로 여겨질 수 없다. 사실 그들의 업적은 그렇게 여겨져서는 안 되었다. 자신들이 그토록 강력하게 예찬한 원칙에 부응하는 삶을 살지 못했기 때문이다. 그들은 정의와 자유, 인간애를 향한 '결정적final' 헌신, 즉 절대적이고 타협 불가능한 헌신을 공표했지만, 스스로 노예를 소유하지 않았던 사람들조차 흑인들의 권리를 적당히 무시해버리고 말았다. 그래서 그는 "7월 4일은 제 것이 아닌 당신들의 것입니다. 여러분은 즐거울지 모르지만, 저는 애통해할 수밖에 없습니다"라는 직설적인 발언을 내뱉은 것이다(여기서 더글러스는 자기 연설의 심장부로 이동해 들어간다). 미국의 건국자들을 예찬하는 소리를 들을 때마다 그는 항상 상대편의 소리도 함께 들어야 했다고 말한다.

친애하는 시민 여러분, 여러분의 떠들썩한 기쁨 너머로 저는 수백만 흑인들의 애통한 울음소리를 듣습니다. 어제까지 그들이 짊어졌던 멍에와 무거운 슬픔이 오늘에는 그들에게까지 미치는 기념일의 환호성에 의해 더욱더 참을 수 없는 것이 되어버렸습니다. 제가 그들의 잘못을 가볍게 보아 넘기면서 인기 있는 주제에 영합하려 한다면, 저는 가장 가증스럽고 충격적인 반역자로 신과 세상 앞에서 비난받게 될 것입니다. 친애하는 시민 여러분, 그래서 제가 오늘 선택한 주제는 미국의 노예 제도입니다.

만일 내가 그 순간 그 자리에 있었더라면 등골이 오싹해졌을 것이다. 사실 이 글을 읽을 때조차 어느 정도 그런 기분을 느낀다. 나는 미국의 건국자들에 대해 그렇게 따뜻한 발언을 하는 것이 더글러스에게 얼마나 힘든 일이었을지 상상조차 할 수 없다. 더글러스의 내적 고뇌를 조금이나마 이해하려면 그의 자서전에 등장하는 핵심적인 두 구절을 숙고해볼 필요가 있다. 첫 번째 구절에서 그는 자기 주인의 아내가 자신에게 읽는 법을 가르쳐준 이야기를 들려준다. 그 수업은 주인이 그 일을 그만하라고 하며 더글러스에게 '언젠가는 글을 배운 것을 후회하게 될 것'이라고 말한 순간까지 계속되었다. 그런 뒤 얼마 후,《미국의 웅변가》라는 책과 거기에 묘사된 노예제와 불평등에 대한 내용들을 접하게 되었을 때, 그는 자신의 감정이 끊임없이 들끓어 오르는 것을 느끼게 되었다. 그는 이렇게 썼다. "책을 읽으면 읽을수록 나는 내 노예 신분을 그만큼 더 혐오하고 경멸하게 되었다. 내 눈에는 그들이 강도 집단 정도로밖에는 안 보였다. 그들은 자기들의 집을 떠나 아프리카로 가서 우리를 납치한 다음, 다시 낯선 땅으로 데리고 와서 우리를 노예로 만들어버렸다. 나는 세상에서 가장 사악하고 비열한 인간들이었던 그들을 혐오했다." 그렇게 "나의 주인이 글을 배운 대가로 경험하게 될 것이라고 말한 그 '불만족감 discontentment'이 나를 사로잡았고, 내 영혼은 말할 수 없는 고뇌에 시달리게 되었다. 고통에 짓눌려 몸부림치는 동안, 나는 때때로 글을 배운 것이 축복이 아니라 저주였다는 느낌을 받곤 했다."

미국의 건국자들도 그의 이런 혐오의 대상에서 벗어날 수는 없었다. 결국 그들 가운데 일부는 노예를 소유했던 만큼, 더글라스가 말한 '자기들의 나라를 떠나 아프리카로 가서 사람들을 납치한 다음, 그 사람들을 낯선 땅으로 데리고 와서 노예로 만든 자들'과 다를 바 없었다. 그들은 더글러스에 대한 소유권을 주장한 사람들만큼이나 비난받아 마땅한 사람들이었다. 하지만 그럼에도 로체스터시에서 연설할 때 그는 "그들은 당대 이후로 수 세기 동안 위대한 인물들이었습니다"라고 말할 수 있을 정도로 자신의 분노를 극복한 상태였다.

이 같은 '인정'이 어떻게 더글러스에게 힘든 일이 아닐 수 있었겠는가? 그에게는 미국 건국자들의 부패나 비겁함을 미워할 만한 충분한 이유가 있다. 하지만 그럼에도 그는 그 자신과 수백만에 달하는 그의 형제자매들의 노예화를 초래한 그들의 실패를 정당하게 정죄하는 한편, 그들이 천명한 원칙들이 노예제 폐지 운동을 촉발하는 데 기여한 역할 또한 인정했다. 이 사실을 인정할 때조차 그는 침착함을 잃지 않는다. "저는 이 나라에 대한 희망을 잃지 않았습니다"라고 말한 연설의 마지막 부분에서 그는 그 원칙들의 가치를 어느 정도(전부는 아니고 오직 부분적으로만) 인정해준다. 그는 이렇게 말한다. "'미국 독립 선언서'와 그 속에 포함된 위대한 원칙들, 그리고 미국의 탁월한 제도들도 고무적이지만, 너무도 명백한 시대적 추세가 제 영혼에 힘을 불어넣어 줍니다." 그는 미국 사회 전역에 불어 드는 광대한 자유의 바람을 감지했고, 그 바람이 새로운 원천에서 비롯된 것이라는 사실도 알고 있었다.

더글러스처럼 심한 상처를 받은 누군가에게 그가 보여준 것과 같은 관대한 태도를 요구하는 건 완전히 부당한 일일 것이다. 나는 감히 그런 요청을 할 생각조차 못 했다. 그가 미국의 건국자들에게 따뜻한 태도를 취했다는 것은 내게는 거의 기적에 가까운 일처럼 느껴졌다. 하지만 눈에 보일 정도로 편견 없는 더글러스의 태도는 그가 웅변가로서, 그리고 자신감이 없거나 소심한 사람들을 설득하는 데 있어 엄청난 성공을 거두는 데 중요한 역할을 했다. 과거를 면밀히 조사하고, 평가하고, 돌이켜보며 다시 숙고하는 그의 태도는 과거와 관계 맺는 법을 보여주는 하나의 훌륭한 모범이다. 과거를 이상화*idealization*하거나 악마화*demonization* 하는 건 쉬운 일이며, 특히 사회적 가속화 시대에는 엄청나게 유혹적인 일이다. 하지만 더글러스는 우리에게 관대함과 정직함 모두를 중요시하는 태도로 과거와 협상하는 하나의 방식을 보여주었다.

나는 이것이 쉬운 일이라고 말하지 않을 것이고, 심지어는 마무리 지을 수 있는 일이라고도 말하지 않을 것이다. 만일 더글러스처럼 생각한다면, 당신은 옛사람들에 대한 최종적인 평결에 결코 도달하지 못할 것이고, 기껏해야 과거와의 연속성 정도만 인정하게 될 것이다. 그런데 인간의 인격의 밀도는 단순한 긍정이나 부정의 형태로 평결을 내리는 것이 아닌, 과거와의 연속성을 인정하는 것을 통해서만 단단해질 수 있다.

금욕주의자들의 시대

인형의 집에서 내다본 풍경

비교 | **과거와 현재의 끝임없는 타닥거림**

나는 어떤 부모가 "아무래도 딸의 짝을 대신 골라줘야 할 것 같다"고 말하는 걸 처음으로 들은 순간을 생생하게 기억한다. 그 순간이 기억에 남은 이유는 그 이후로는 그런 말을 들어본 적이 단 한 번도 없기 때문이다. 이 말을 듣고 처음 떠오른 생각은 '당신 완전히 미쳤군요'였다. 그다음에 든 생각도 이와 다르지 않았지만, 훗날 이 만남에 대해 다시 숙고하면서 마침내 이와는 다른 생각을 하게 되었다. '그 사람이 완전히 미쳤는지 내가 어떻게 알지?' 이 질문을 일련의 흥미로운 생각들로 나를 이끌었다.

부모의 주장은 다음과 같다. "젊은이들은 성호르몬 분비가 왕성하고 경험도 부족한데, 이런 특성들은 적합한 배우자를 선택하는 데 걸림돌이 된다. 따라서 경험이 더 많고 감정적으로도 더 절제된 부모들이 개입해서 장기적인 만족을 가져다주는 관계를 선택하도록 하는 편이 더 낫다." 만일 부모가 충분히 분별력 있는 사람들이라면 이런 주장은 적어도 고려해볼 만한 가치는 있을 것이다. 하지만 만일 그들이 자식의 행복 이외의 것에 우선순위를 둔다면 어떻게 할 것인가? 행복에 대한 그들의 관념이 자식과 양립 불가능할 정도로 다르다면? 그들이 자식의 눈에 완전 매력 없어 보이는 누군가를 선택한다면?

그런데 알고 보니 그 부모는 이 모든 반대의견들을 미리 예견하고 있었다. 그들은 부모에 의해 맺어진 관계가 잘못될 수도 있다는 점을 기꺼이 인정했고, 내가 생각했던 다른 가능성들도 전부 예측했다. 그들의 말에 의하면 문제는 자신들이 제시한 모델이 완벽한지 아닌지의 여부가 아니었다. 여기서 중요한 건 그 모델이 우리 사회가 현재 활용 중인 방식보다 더 나은지였다. 부모는 말했다. "이 나라 젊은이들의 결혼 실태를 보라. 얼마나 많은 결혼이 실패로 돌아가는지, 얼마나 많은 젊은이들이 실패로 돌아간 결혼 사례들을 목격하는지, 그들은 이를 보고 아예 결혼하지 않기로 결심한다. 이제는 무언가 다른 방식을 시도해볼 때가 되었다." 심지어 그들은 만일 그들이 '낭만적 사랑에 관한 신념을 일부나마 없앨 수 있다면, 젊은이들은 이 모델을 오히려 더 지지하게 될 것'이라며, '젊은이들도 어떻게 하는 게 좋은지 잘 모르는 이 중대한 선택의 짐을 기꺼이 내려놓으려 할 것'이라고 말했다.

나는 사람들이 이와 비슷한 경험을 해봤을 것이라고 확신한다. 한 번도 생각해보지 못한 개념을 정면으로 마주하는 데서 오는 당혹감, 논쟁하는 사람이 딱히 옳아서라기보다는 그 사람이 내가 결코 생각해보지 못한 무언가에 관해 이야기한다는 사실에서 오는 그 당혹감 말이다. 그 부모가 내게 이 모델을 제시하기 전까지 나는 기존 모델을 대체할 만한 진지한 대안이 있을 것이라고는 단 한 번도 생각해본 적이 없다. 두 명의 개인이 만나 그들이 가장 중요하게 여기는 가치를 근거로 결혼 서약을 맺는 것, 이것이 내게는 결혼의 전부였다. 그런데 단 2분 만에 그 모든 체계가 갑작스럽게 허술하고 불안정해보이기 시작했다. 왜 전에는 기존 제도의 결점들이 보이지 않았던 것일까?

그래서 일반적인 기준에 부합하는 '로미오와 줄리엣'의 관계에 대해 생각해보았고, '오디세우스와 페넬로페'에 대해서도 생각해보았다. 그들은 어떻게 만났을까? 나는 호메로스의 독자들이 기대하거나 가정한 바를 전혀 몰랐다는 사실을 깨닫게 되었다. 그리고 약 3세기 전쯤 생존했던 실제 여성에 대해서도 생각해보았다. 영국인이었던 그녀의 이름은 도로시 오즈번Dorothy Osborne이다.

17세기 영국에는 윌리엄 템플William Temple이라는 남성이 살고 있었는데, 그는 훗날 유명한 외교관이 된다. 그는 매우 성공적인 삶을 산 인물로 토머스 페레그린 코트니Thomas Peregrine Courtenay가 1838년에 그에 관한 전기를 집필하기도 했다. 하지만 코트니가 쓴《Life of Sir William Temple(윌리엄 템플 경의 삶)》은 탁월한 역사가 겸 저널리스트였던 로드 매콜리Lord Macaulay 때문에 불운을 겪어야 했다. 그는《에든버러 리뷰》에 기고한 글에서 그 책을 신랄하게 비판했다. 그래도 책 뒷부분에 실린 부록만큼은 매콜리의 마음을 끌었다. 코트니는 템플 경을 사랑한 오즈번이 그에게 보낸 편지들 중 일부를 부록에 수록했는데, 매콜리는 그것에 대해 이렇게 말했다. "코트니 씨는 이토록 많은 편지를 공개하는 것에 대해 독자들이 어떻게 생각할지 약간의 우려를 표명했지만, 우리는 편지가 이보다 두 배는 더 되었으면 하고 바랄 뿐이다." 편지에 대한 매콜리의 열광적인 반응은 런던의 저명한 '웨일스 가문' 출신의 법관이자 작가인 에드워드 애벗 패리Edward Abbott Parry의 흥미를 자극했고, 그는 그 편지를 전부 찾아내 책(《윌리엄 템플 경에게 보내는 도로시 오즈번

인형의 집에서 내다본 풍경

의 연애편지》)으로 출간했다.

윌리엄 템플과 도로시 오즈번의 이야기는 로맨스 영화의 전당에 안치될 만한 가치가 있다. 그들은 영국 내전이 한창이던 1645년에 만나 열정적으로 사랑에 빠져들었는데, 그들의 아버지는 서로 반대 진영에 속한 사람들이었다. 청교도혁명으로 찰스 1세를 물리치고 공화정을 수립한 올리버 크롬웰을 지지하던 존 템플 경(윌리엄 아버지)은 장기의회(영국 의회)에서 일하고 있었고, 영국 해협에 있는 왕실령인 채널 제도에 위치한 건지섬의 부지사였던 피터 오즈번 경(도로시 아버지)은 찰스 왕의 열렬한 충신이었다. 그는 왕을 너무나 사랑한 나머지 자신의 부하들이 거의 굶어 죽을 지경이 되어서야 코넷 성을 의회파에 넘겨주었고, 왕정주의 지도자들 중에서도 가장 마지막으로 항복을 시인했다. 때문에 전쟁이 끝난 후에도 두 가문은 그들의 결혼을 달갑지 않아 했다.

도로시는 수많은 구혼자들에게 시달림을 당했는데, 그 중에서도 가장 눈에 띄는 인물은 영국의 호국 경(영국 혁명정권의 최고행정관)이 될, 혁명을 일으킨 크롬웰의 아들인 헨리 크롬웰이었다. 당시 재정난에 시달리던 오즈번 가문은 자신들이 이념적 원칙을 고수할 처지가 못 되었고, 도로시의 오빠이자 사실상 집안의 가장이나 다름없었던 헨리 오즈번은 이 둘의 결혼을 특히나 원했다. 크롬웰과의 관계도 정치적으로는 똑같이 반대 진영이었지만, 그는 템플을 여동생의 청혼자로 인정하지 않았다. 그의 생각에 이건 정치가 아닌 인격의 문제였다. 도로시는 윌리엄에게 오빠가 한 말을 다음과 같이 전했다. "오빠는 당신이 종교나 명예 같은 건 신경조차 안 쓴다고, 자신의 입지를 향상할 수만 있다면 무슨 일이든 할 사람이라고 말했어요." 가족의 반대로 인해 그들의 교제 기간은 약 8년 가까이 길어졌지만, 서로를 향한 열정은 식을 줄을 몰랐다.

전해지는 도로시의 편지는(윌리엄의 편지는 모두 소실되었다) 연애 기간의 마지막 2년 동안의 편지다. 나는 이 글들이 영어로 쓰인 편지들 중 가장 탁월하다고, 도로시가 기지 면에서는 제인 오스틴 못지않다고 단언할 수 있다. 그녀의 편지를 보지 않은 사람이라면 이런 내 생각에 동의할 수 없을 것 같아 여기서 그녀의 글들을 몇 개 살펴보고자 한다. 그녀가 1653년 여름에 쓴 편지에 아주 특색 있는 구절이 하나 있다. 이 편지에서 그녀는 평소와 마찬가지로 자신에게 구혼하는 사람들을 '하인들'이라고 지칭한다.

인형의 집에서 내다본 풍경

제 오빠는 당신이나 당신의 헌신에 대해 한마디도 하지 않으려 합니다. 저는 이제 아예 기대도 안 합니다. 만일 제가 당신을 잃어버린다면 그는 제 삶에 조금도 도움이 안 될 거예요. 지금까지 그가 제게 얼마나 많은 하인들을 소개해줬는지 말한다면 당신은 분명 웃겠지요. 그런데 그가 그중 한 명과 사랑에 빠졌고, 어쩌면 그와 결혼까지 할지도 모른다고 생각하게 되었습니다. 오빠가 만족한다면 저도 별로 말릴 생각은 없어요. 그는 탤벗이란 사람인데, 오빠가 7년 동안 본 신사들 중 가장 멋지다고 하더군요. 그런데 문제는 그가 1년에 200만 원에서 300만 원도 채 못 번다는 거예요. 오빠는 그 사람을 위해서라면 1년에 100만 원은 아낄 수 있을 거라고 생각하지만 말이에요. 저는 오빠에게 소개해줘서 고맙다고, 제가 탤벗 씨를 오빠만큼만 사랑했더라면, 오빠처럼 용감할 수 있었을 거라고 말해주었지요. 하지만 저는 이런 제 생각들이 극도로 의심스러워요.

이 편지에는 불쌍한 탤벗 씨 이외에도 그녀의 편지에 자주 언급되는 다른 인물이 한 명 더 등장한다. 다섯 명의 아이를 키우는(네 딸과 아들 하나) 홀아비인 저스티니안 이샴 경이다. 그는 신앙심이 깊은 것으로 명망이 높지만, 도로시는 그를 '지금까지 만난 사람 중 가장 허영심 많고, 무례하고, 오만한 바람둥이'라고 생각했다. 그녀는 항상 그를 '유스티니아누스 황제*'라고 불렀고, 그와의 연락을 외교적인 용어로 묘사하곤 했다. 그녀는 이렇게 썼다. "제가 조약을 체결하기 위해 유스티니아누스 황제가 보낸 대사를 만나고 있다고 생각하시나요? 솔직히 그렇습니다. 저는 이 문제와 관련해 당신의 조언이 간절히 필요합니다. 언젠가 당신은 제 하인들 중 그가 가장 마음에 든다고 말씀하셨지요. 제가 당신처럼 그를 좋아할 수 있다면 논쟁은 필요하지 않을 것입니다. 한번 생각해보고 일이 성사된다면 저는 합의대로 이행하겠습니다. 당신은 네 명의 딸들 중 한 명을 선택하시면 됩니다."

도로시는 이런 식의 농담에 능했다. 하지만 그녀의 편지들을 비범하게 만들어준 건 다름 아닌 기독교적 화해의 순간들이었다. 편지는 도로시가 윌리엄의 성격에 대한 헨리의 통렬한 비난을 더 이상 견딜 수 없게 된 순간을 묘사하

---

* 비잔틴 제국의 황제로 뛰어난 통솔력으로 측근들을 기용하여 옛 로마 서방의 영토 재정복의 꿈을 실현한 인물이다.

는 것으로 시작된다. 그전까지만 해도 도로시는 오빠의 공격을 무시해왔다.

저는 이걸 더 이상 참을 수가 없어요. 당신이 구걸꾼이고 당신의 아버지는 전 세계에서 가장 무가치한 사람이란 소릴 듣는 건, 종교도 없고 명예도 모른다는 말을 듣는 것과는 비교가 안 돼요. 저는 너무 화가 났고, 그래서 지치도록 말싸움을 벌였어요. 오빠는 다시 제게 의절을 선언했고, 저는 오빠에게 반항했지만, 그래도 이 모든 일은 최대한 정중한 언어로 이루어졌어요. 우리는 엄청나게 화가 났음에도 서로 공손히 인사하고 헤어졌는데, 당신이 이런 우리를 봤더라면 아마 죽도록 웃었을 거예요.

하지만 이것이 이야기의 끝은 아니었다.

다음 날 저는 점심을 굶고 밤이 될 때까지 오빠를 안 봤어요. 그때 그가 제 방으로 들어왔지요. 그가 가만히 앉아서 한 시간 반 동안 아무 말도 안 하길래 저도 그냥 가만히 있었어요. 그러다 마침내 오빠가 측은한 어조로 이렇게 말했어요. "동생아, 네가 속상한 일이 있을 때마다 침실로 가는 게 두렵다고 말하는 걸 들어왔단다. 너는 침실에 가면 더 심란해져서 슬픈 생각들에 휘둘리게 된다고, 밤의 고요함과 어둠이 두려움을 더 증폭시킨다고 말했지. 지금 내가 그런 기분이란다. 내가 이런 밤이 다시는 생기지 않게 하겠다고 신께 맹세하마."

헨리의 이 같은 대화를 통해 남매 사이의 평화는 다시 회복되었다.

우리는 우울함과 그 원인에 관한 이야기로 빠져들었고, 어쩌다 보니 종교에 대한 대화까지 나누게 되었어요. 우리는 아주 오랜 시간 동안 경건하게 대화를 이어갔는데, 그러다 보니 화가 전부 가라앉더군요. 온 세상이 고요와 평화로 가득 찬 느낌을 받게 되었습니다. 수도원에서 대화를 나누는 은둔자들도 서로에 대해 우리보다 더 겸허하고 자애롭지는 못했을 거예요. 오빠와 저는 서로에게 용서를 구했고, 오빠는 살아 있는 동안 다시는 제 앞에서 그런 이야기는 하지 않겠다고, 그 문제는 전능하신 신께 맡기겠다고 약속했어요. 그리고 우리의 결혼을 보게 될 때까지 저를 예전과 다름없이 대해주겠다고 말했지요. 다만 제가 당신과 결혼하면 그는 저를 떠날 거라고 했어요. 그가 말하길 제 배려가 부족해서가 아니라, 자신이 그토록 열정적으로 사랑했고 자신의 행복을 희생해가면서까지 행복해지길 바란 사람이 망가지는 모습을 보고 싶지 않아서라고 하더군요. 이 정도가 우리가 도달한 결론인데 저는 오빠가 약속을 지킬 거라고 확신해요. 그러니 당신이 오빠를 두려워할 이유는 전혀 없어요.

그렇지만 이들의 시련은 아직 끝난 것이 아니었다. 모든 '하인들'을 돌려보내고 가족들 간에 간신히 합의를 봤지만, 도로시는 천연두에 걸리고 만다. 이 병이 도로시의 얼굴을 망가뜨리고 그녀의 아름다움을 앗아가 버렸다. 하지만 윌리엄의 사랑은 이 마지막 시련에도 식을 줄을 몰랐고, 그들은 1654년 크리스마스에 결혼식을 올렸다. 도로시의 죽음이 그들을 갈라놓은 건 그로부터 41년 후였다. 윌리엄은 도로시가 죽고 4년 후에 그녀의 뒤를 따랐다.

오즈번은 자신이 겪은 영혼의 어두운 밤을 생생하고 감동적으로 묘사했을 뿐만 아니라 자신의 가장 깊은 두려움

들로부터 항상 건강한 거리감을 유지하고 있었다. 그녀의 편지에 끊임없이 등장하는 위트가 그녀로 하여금 삶의 해학과 부조리함을 알아차릴 수 있도록 해준 것이다. 윌리엄과 떨어져 있던 그 힘들고 불확실한 시간 동안 위트는 그녀 자신의 정서적 안정을 도모하는 중요한 수단이었을 것이다. 그녀는 진정 인간 희극의 위대한 기록자 중 한 명이다. 하지만 나를 제외하면 거의 아무도 그녀를 이렇게 높이 평가하지 않는다. 왜 그럴까?

그건 부분적으로는 그녀가 오직 편지만 썼기 때문이다. 사람들은 편지가 소설이나 서사시와 대등한 문학적 시위를 갖는다고 생각하지 않는다. 하지만 그럼에도 일부 작가들, 특히 오즈번의 다음 세대에 속하는 여러 작가들은 문학 작품으로서의 편지쓰기에 전념하면서 자신들의 글이 후대에 기억되기를 바랐다. 만일 당신이 오즈번의 진가를 인정하길 바란다면 이 걸림돌을 넘어가면 될 것이다. 이 걸림돌을 건너는 것은 아주 쉽다.

또 하나의 문제는 이보다 더 크고 매우 불안정한데, 이는 오즈번의 여성성과 관계되어 있다. 오즈번은 자신이 여성이었음에도 불구하고, 사람들이 페미니즘적 관심사로 간주할 만한 것들에는 별다른 흥미를 보이지 않았다. 권위 있

인형의 집에서 내다본 풍경

는 〈옥스퍼드 여성 작가Oxford Women Writers〉 시리즈에 수록된 많은 작가들은 페미니즘적 성향을 뚜렷이 드러내 보이는데, 오즈번은 이런 작가들과 거의 아무런 공통점도 지니지 않았던 것 같다. 실제로 한 편지에서 그녀는 뉴캐슬의 공작부인이었던 마가렛 카벤디쉬의 문학적 야망을 비웃으며 이렇게 말한 바 있다. "그 가련한 여인은 마음이 약간 싱숭생숭한 것 같아요. 그렇지 않다면 책을 쓰거나 시를 짓겠다고 덤벼드는 그런 터무니없는 행동은 안 했겠지요. 제가 앞으로 2주 동안 잠을 안 잔다고 하더라도 상태가 그렇게까지 악화되지는 않을 거예요." 실제로 오즈번과 템플이 결혼하고 난 이후에는 둘 사이의 서신 왕래가 없었던 것 같다. 글쓰기의 목적이나 다름없던 사람을 이제 침대와 아침 식탁에서 매일 만날 수 있게 되었는데, 글은 써서 뭐 하겠는가?

이처럼 오즈번은 현대의 독자들에게는 다소 복잡한 사례에 해당한다. 그녀는 무엇이 최선인지에 관한 가족들의 의견에 맞서 남편을 선택할 자유를 주장했고, 자신의 주장을 탁월한 산문으로 표현해냈다. 이런 면만 본다면 그녀는 '낭만적 사랑'의 모범적인 사례라 할 수 있다. 내가 그녀의 이야기로 훌륭한 영화 한 편을 만들 수 있다고 말한 것도 바로 이 때문이다. 하지만 그녀는 작가로서의 자신의 재능에 대해 특별한 그 어떤 가치도 부여하지 않았고, 여성이 책을 쓴다는 생각을 터무니없는 것으로 간주했다. 그녀가 원한 건 결혼해서 사랑스러운 아이들을 낳는 것이 전부였다.

이는 우리에게 약간의 인지 부조화를 초래한다. 오즈번이 "아내들이여, 남편에게 복종할지어다"라고 말하는 경전을 중시하는 문화를 받아들였다는 이유로 그녀의 목소리에 귀 기울이는 것을 멈춰야 하는 부정적 선택을 해야 할까? 아니면 그 문제를 한편으로 치워둔 채, 자신을 지배하려는 오빠의 태도에 재치 있게 저항하면서 자신의 사랑을 지키는 길을 선택한 그녀를 기꺼이 작가로 인정하는 긍정적 선택을 해야 할까?

나는 오즈번이 이와 정반대되는 길을 따랐다면 그녀에 대해 다른 생각을 품었을지 자문해보는 것도 흥미로운 일이라고 생각한다. 만일 그녀가 순종적이고 온순한 태도로 '유스티니아누스 황제'와 결혼했다면, 하지만 그에게 복종하기를 거부하고 뉴캐슬의 공작부인처럼 대부분의 시간 동안 집필 작업에만 몰두했다면 어땠을까? 아마 독자마다 생각은 다 다를 것이다. 나는 그녀가 만약 그랬다면 우리에게 더 현대적이면서도 더 공감 가는 인물로 다가왔을 것이라고 생각한다. 《인형의 집Doll's House》의 노라 헬메르 같은 인물처럼 말이다.

노르웨이의 극작가이자 시인인 헨리크 입센Henrik Ibsen의 희곡 《인형의 집》은 19세기에 엄청난 논란이 된 작품들 중 하나다. 이 작품은 부르주아적 삶의 제약을 견디지 못하고 결국 가정을 떠나는 아내이자 어머니인 노라 헬메르의 삶을 묘사했기 때문이다. 노라의 행동이 옳은 것일지도 모른다는 은근한 암시조차 당대로서는 너무나도 충격적이어서 당시 누군가는 그 희곡에 대해 '공인된 사회 윤리에 사형선고를 내린 작품'이라고 말하기도 했다.

실제로 이 희곡이 독일에서 처음으로 공연되었을 때, 노라 역을 맡은 유명 여배우는 "난 내 아이들을 결코 떠날 수 없어"라고 말하기라도 하듯 마지막 장면을 연기하길 거부했다. 입센은 작가의 작품을 보호해주는 저작권법의 혜택을 누리지 못했고, 당시에는 누구든 원하는 대로 작품을 수정할 수 있었으므로, 이를 악다문 채 결말 부분을 다시 써야만 했다. 이 변형된 결말에서 노라는 집을 떠나기 전 아이들의 침실을 들여다보다가 북받쳐 오르는 감정을 못 이기고 바닥에 주저앉으면서 자신은 아이들을 결코 떠날 수 없다는 사실을 조용히 시인한다. 입센은 이 결말을 자신의 작품에 대한 '야만적 잔학행위'라고 여겼지만, 다른 사람이 수정했더라면 이보다 더 망가졌을 것이라고도 생각했다.

2017년 미국의 극작가 루카스 네이스*Lucas Hnath*가 쓴 〈인형의 집, 두 번째 이야기〉라는 제목의 연극이 브로드웨이 무대 위에 올랐다. 이 작품은 노라가 남편에게 휘둘리며 살았던 인형의 집 밖으로 뛰쳐나온 뒤 15년 후 어떻게 되었는지를 보여준다. 이 작품에서 노라는 자신이 오래전 남편과 아이들을 떠났다는 사실에 매우 기뻐한다. 이에 대해 테리 티치아웃은 이렇게 말했다. "당연하다. 당신은 2017년 브로드웨이에서 공연한 작품에서 '노라는 그녀의 좌절감을 집어삼키고 집에 남아 아이들을 길렀어야 했다'라는 식의 내용이 담겨 있는 모습을 상상할 수 있겠는가?" 7장에서 언급한 '합의 연극'이란 표현은 그의 비평문에서 처음으로 등장한다.

〈인형의 집, 두 번째 이야기〉의 성공은 그 결말만큼이나 미리 예견된 일이었다. 이건 내가 '합의 연극'이라 부르는 것의 전형적인 예로, 이런 연극의 각본가들은 진보적인 자신의 관객들이 자신의 모든 생각에 당연히 동의할 것이라고 믿는 경향이 있다. 이런 연극의 성공은

인형의 집에서 내다본 풍경

작가가 자신의 관객들에게 그들이 듣고 싶어 하는 것을 말하는 정도에 정확히 비례하는데, 루카스 네이스는 이 과업을 아주 철저하게 수행해냈다. 무엇보다도 이 연극은 자신의 삶을 위해 가족을 포기한 노라의 행동이 옳았다는 사실을 관객들이 의심하는 걸 절대 허용하지 않는다.

나는 이 연극을 보지 않고 책으로 읽었는데, 티치아웃이 네이스에 대해 한 말은 잘못된 것이라고 생각한다(물론 공연은 책과 다를 수 있으므로 그가 본 공연에 대해서는 맞는 말일지도 모른다). 네이스의 책을 읽는 동안 나는 노라를 점점 더 싫어하게 되었고, 특히 그녀가 가족을 버린 자신의 행동을 영웅적 희생의 관점에서 재해석하는 방식에 강한 반감을 품게 되었다. 예를 들어 그녀는 가정부인 앤 마리에게 자기가 버리고 온 세 명의 아이들에게 크리스마스 선물을 보내고 싶은 충동을 억누르기 위해 얼마나 큰 '인내심*discipline*'을 가져야 하는지에 관해 이야기한다. 이 얼마나 대단한 정신력인가! 나중에 앤 마리가 노라에게 아이들을 떠난 건 끔찍한 행동이었다고 말하자, 노라는 그렇게 심각하게 받아들일 필요가 없다며 남자들은 밥 먹듯이 가족을 버린다고 응답한다.

이 작품에는 노라가 자신의 딸 에미(노라가 집을 떠날 때 너무 어린 나이였던 그녀는 노라를 기억하지 못한다)를 만나는 인상적인 장면이 하나 등장하는데, 에미는 노라가 결혼 제도를 비난하는 책들을 써왔다는 사실을 알고 있었기 때문에 자신이 약혼했다는 것을 노라에게 말하길 꺼린다. 그녀가 노라에게 "당신은 아무도 결혼하지 말아야 한다고 생각하지요"라고 말하자, 노라는 처음에는 이 사실을 부정한다. 하지만 곧이어 그녀는 "결혼은 맹목적 계약에 불과하고 사랑은 계약과는 완전히 다른 것인 만큼 자유로운 것이 되어야 한다"는 식의 설교를 늘어놓는다. 이에 대해 에미가 반대하자 다음과 같은 대화가 이어진다.

노라: 네가 결혼에 대해 아는 게 대체 뭐가 있니?

에미: 아무것도요.

노라: 그래, 넌 몰라.

에미: 엄마가 저를 떠났기 때문에 저는 결혼이란 게 무엇인지, 결혼 생활이 어떤 모습인지 아무것도 몰라요. 하지만 저는 결혼의 부재가 어떤 모습인지 잘 알고 있어요. 제가 원하는 건 그게 아니에요.

에미는 결국 노라가 자신과 이야기를 나누는 유일한 이유가 아버지인 토르발트로부터 이혼 합의서를 받아낼 수 있도록 도움을 구하기 위해서라는 사실을 그녀 스스로 인정할 수밖에 없도록 만든다. 이는 '자신의 삶을 위해 가족을 포기한 노라의 행동이 옳았다는 것을 관객들이 조금도 의심할 수 없도록 만드는' 장면으로 해석하기는 어렵다. 아마 공연은 그런 식으로 할 수 있었을 것이다. 조금만 손을 보면 에미를 얼마든지 볼품없어 보이게 만들 수 있다. 노라의 태도가 절대적으로 옳은 것처럼 보이게 만들려면 이 작품에 등장하는 다른 모든 등장인물들을 엄청나게 끔찍하게 묘사하면 된다. 하지만 네이스의 작품을 그런 식으로 해석할 수는 없을 것 같다. 이는 그의 초기작인 〈크리스천스*The Christians*〉에 대해서도 마찬가지다. 이 작품의 주인공 목사는 모든 진보주의자들이 동경할 만한 태도를 취하지만, 이기적이고 계산적인 속물근성 또한 드러내 보인다. 만일 티치아웃이 본 그 공연의 연출가와 배우들이 의도적으로 이 작품의 메시지를 단순화한 것이라면, 그건 관객들은 물론 공연자들까지도 '합의 연극'을 향한 욕구와 필요성(작가 스스로 그런 편리한 해석을 거부할 때조차)을 절감했기 때문일 것이다.

1장에서 나는 정보 과부하로 인해 정보 트리아쥬 작업이 필요해지는 여러 방식들에 대해 이야기한 바 있다. 이런 환경은 분명 도덕적 트리아쥬 작업, 즉 특정 인물을 예찬할 것인지 경멸할 것인지 간단하게 이분법적인 선택을 내리는 판단 작업의 필요성 또한 증대시킬 것이다. 그런데 어떤 사람이 내가 높이 사는 소중한 가치들을 많이 갖추고 있을 때(특히 그 가치들이 위협받고 있다고 느낄 때)는 그 사람을 예찬하는 것이 비난하기보다 훨씬 더 쉽다. 예를 들어 〈인형의 집, 두 번째 이야기〉를 공연한 사람들과 관객들 가운데 상당수가 "이를 경계하지 않으면 부커상을 두 번이나 수상한 마거릿 애트우드Margaret Atwood의 《시녀 이야기Handmaid's Tale》* 에 나올 법한 여성 혐오주의적 신권정치가 되살아나 근본주의적 기독교도 남성이 여성들을 고정된 역할에 옭아매는 일이 벌어질 수도 있다"는 우려를 품고 있었다고 해보자. 만약 그렇다면 필수적인 진보조차 대가 없이는 일어나지 않는다는 사실을 인정하고 싶어 하지 않는 이전의 논의

---

* 이 소설은 극단적인 기독교 교리를 바탕으로 모든 여성의 권리를 남성들이 가지고 있는 세계를 다룬다. 그리고 그곳에서 임신 가능한 여성들은 높은 지위의 사람들의 아이를 낳는 시녀로 길러진다.

에 비추어 볼 때, 분명 우리는 그들에게서 노라의 선택을 지지하는 한편, 그 선택의 대가는 축소하고 싶어 하는 강한 충동을 발견하게 될 것이다.

추측건대, 네이스가 이 희곡을 쓴 건 이 작품이 현시대와 밀접하게 연관된 문제들을 제기하고 있기 때문일 것이다. 하지만 이 시대와 밀접하게 연관된 그 질문들은 사람들이 그 문제들에 감정을 개입하고 있다는 바로 그 사실로 인해 공정하게 평가하기 가장 힘든 질문들이기도 하다. 문학에 관한 서평 기사를 써온 대니얼 맥스D. T. Max는 네이스의 작품에 대해 이렇게 말했다. "네이스 작품의 특징은 강력한 논쟁이 등장한다는 것이지만, 이 논쟁들은 항상 혼란스러운 인간관계에 의해 에워싸여 있다." 합의 연극이 생겨난 건 이 같은 상황 때문이다. 이런 연극은 관객들에게 '제기된 문제들에 관해 적합한 결론에 도달했고, 따라서 그 문제를 다시 숙고할 필요가 없다'는 느낌을 주는데, 이건 아주 기분 좋은 느낌이다. 왜냐하면 사람들은 생각할 거리가 이미 너무나도 많다. 우리는 여기서 트리아쥬 작업의 위력을 다시 한번 실감하게 된다.

네이스의 희곡에 대한 이 같은 평가를 보면 입센이《인형의 집》을 그렇게 끝냄으로써 복잡한 문제에 얽혀드는 걸

모면할 수 있었다는 것을 이해할 수 있다. 그는 노라의 선택에서 비롯된 대가와 그 결과에 대해 숙고할 필요가 없다. 그가 할 일은 그런 결정이 심리적으로 그럴듯하다는 것과 반드시 비도덕적인 것은 아니라는 사실을 보여주는 것이기 때문이다. 이는 그가 작품을 쓴 그 시대에 제기되어야 했던 주장이다. '인간은 자신의 삶을 결정할 권한을 지니며(여성들조차), 자신이 태어난 사회의 질서를 위해 자기 자신의 행복을 제쳐두도록 강요받아서는 안 된다'는 주장 말이다.

그런데 이 주장은 모두가 너무나도 잘 아는 것이어서 현시대에는 그것이 습득되어야 한다는 사실을 기억하는 것조차 힘들다. 이 같은 상황은 오늘날 공연되는 이 작품의 극적인 긴장감을 떨어뜨리는 주된 요인 중 하나다. 현대인들은 '노라가 자신의 독립을 내세우는 건 당연한 일이야'라고 생각하기 때문이다. 당시에는 강렬한 긴장이 내재된 작품이었던 것이 현시대에 와서는 누구의 편을 들어야 할지 관객들이 이미 다 아는 통속극처럼 여겨지게 된 것이다.

나는 네이스가 이 작품의 후속작을 집필한 것이 '원작의 등장인물들에게 다시 활력을 불어넣어 주기 위해서가 아닐까'라고 생각해본 적이 있다. 그의 작품은 실제로도 원작을 훨씬 더 돋보이게 만들고, 원작의 문제의식(이 여성은 '인형의 집'으로부터 벗어나도 되는가?)에 다시 생기를 불어넣는 흥미로운 부작용을 불러일으켰다. 마치 사람들이 그 질문에 '분명히 답하지 않기'라도 한 것처럼 말이다.

이와 같은 인식의 복잡성*complications of perception*은 고전의 핵심적인 가치다. 이런 복잡성은 시간의 대역폭을 확장하고, 이를 통해 다시 인격의 밀도를 증대시키기 위한 주된 수단들 중 하나가 된다. 물론 여기에는 그만한 대가가 따른다. 우리는 트리아쥬 본능과 싸우면서 과거의 사람들과 함께 그들의 삶을 만들어낸 선택들을 경험할 수 있어야 한다. 이때 우리는 그들의 도덕적 가치 체계가 뚜렷해졌다 희미해지기를 끊임없이 반복하는 광경을 목격하게 된다. 즉, 그들을 즉시 이해했다고 느끼다가도, 다음 순간에 다시 전혀 이해 못 하게 되는 과정을 되풀이하면서 과거를 경험하게 된다. 예컨대 현대의 독자들이 사랑하는 사람과 결혼하려 애쓰면서도 책을 쓰는 여성을 경멸하고 업신여기는 도로시 오즈번에 대해 어떻게 느낄지를 한번 생각해보기 바란다. 저널리스트 헬렌 루이스*Helen Lewis*는 페미니즘의 역사에 관한 책 《Difficult Women(어려운 여자)》을 마무리 지을 무렵에 이렇게 말한 바 있다.

나는 마침내 역사가들이 왜 자신들의 작업에 그토록 열광적인지*evangelical* 이해하게 되었다. 그건 한마디로 역사 연구가 현재를 바라보는 우리의 관점을 완전히 뒤바꿔놓기 때문이다. 조사 작업을 벌이는 동안, 나는 여러 차례에 걸쳐 나만의 생각이라고 믿었던 것이 1850년대나 1910년대, 1970년대를 살다간 다른 여성들에 의해 이미 아름답게 표현된 바 있다는 사실을 발견하게 되었다. 이 경험을 한 후 나는 페미니즘의 전통과 더 긴밀히 연결된 기분을 느꼈지만, 한편으로는 다른 여성들이 나를 위해 미리 길을 닦아두었다는 사실도 모른 채 먼 길을 돌아온 나 자신에게 화가 나기도 했다.

이건 아주 강력한 진실이다. 하지만 당신이 믿는 무언가를 완벽히 예견한 과거의 인물이 갑자기 태도를 바꿔서 당신을 어리둥절하게 하거나 소외감을 느끼게 하는 무언가를 말하는 순간들에 대해서도 언급해둘 필요가 있다. 나는 그런 순간이 더 큰 깨달음의 순간이라고 확신한다. 당신에게 풍부한 지혜를 제공해준 바로 그 사람이 당신이 보기에 완벽히 터무니없는 것에 관해 이야기할 수도 있다는 사실 (또는 이와 정반대되는 경우)과 직면하는 건, 인간의 조건에 대해 배우는 하나의 기회가 될 수 있다. 이런 경험을 통해 자신을 포함한 모든 인간이 지혜와 부조리를 동시에 품고 있다는 것을 배우게 되는 것이다.

2019년 라디오 〈디스 아메리칸 라이프〉에서 파키스탄 출신 부모 아래 미국 뉴욕주에 있는 메릴랜드 교외 지역에서 자란 샤밀라Shamyla라는 한 여성의 이야기가 소개된 적 있다. 그녀는 어머니의 언니(이모)에게서 태어나 어머니에게 입양된 입양아였다. 이미 아이를 여러 명 기르고 있던 언니가 관례에 따라 아이들 중 한 명을 불임인 동생에게 준 것이다. 하지만 훗날 불임이었던 샤밀라의 어머니는 두 차례 임신해서 두 명의 남자아이를 낳았다.

샤밀라가 12살이었을 때, 그녀는 파키스탄 북서부 페샤와르에 있는 자신의 다른 가족(생모의 자녀)들을 만나기 위해 파키스탄으로 떠났고, 그녀의 다른 가족들은 샤밀라를 가족의 일원으로 받아줬다. 그들에 의하면 샤밀라를 입양한 부모가 그녀를 진정으로 사랑하지 않았다고 한다. 그들이 사랑한 건 자신들의 '진짜' 아이인 두 명의 아들뿐이었다. 샤밀라가 미국에서 계속 자란다면 그녀는 부도덕하고 믿음 없는 배교자背教者(믿음을 저버리고 변절한 사람)가 될 것이 분명했다. 그래서 그녀의 '진짜' 가족은 비록 샤밀라가 '질나쁜' 미국식 습관들에 너무 많이 물들어 있어 그녀를 다시교육하는 일이 어려운 일이라는 것을 알았음에도, 그녀를신앙심 깊은 이슬람 소녀로 길러내기로 마음먹었다. 그들이 이렇게 할 수 있었던 건, 샤밀라의 입양이 공식적으로이루어진 것이 아니었기 때문이다. 파키스탄 법에 따르면페샤와르에 있는 가족이 샤밀라의 진정한 가족이고, 저 멀리 미국에 있는 부모들은 그녀에 대한 아무런 권리도 지닐수 없었다. 샤밀라의 개종은 그렇게 시작되었다.

일단 샤밀라는 머리에 천을 두르는 법을 배워야 했고, 남성들과 눈을 마주치지 않는 법도 익혀야 했다. 또한 그녀자신을 결혼에 적합한 상태로 만들어야 했는데, 그녀의 '진짜' 가족들의 신념에 의하면 이건 그녀가 살을 더 빼야 한다는 것을 의미했다. 그래서 그들은 샤밀라가 손을 댈 수없도록 냉장고에 자물쇠를 설치했다. 그녀가 가져온 책들은 그녀를 타락시킬 것이 분명했고, 책을 읽는 여성은 매력적이지 못하므로 그들은 그녀의 모든 책을 빼앗았고, 그 어떤 책도 주지 않았다. 샤밀라는 글쓰기를 좋아했지만, 그들에게는 이것이 독서보다 더 나쁜 것으로 보였다. 그래서 그녀의 새아버지는 그녀의 노트를 뒷마당에 쌓아놓고, 노트에 불을 붙이는 걸 그녀가 보도록 했다. 샤밀라는 새로운 방식들과 새로운 의무들을 배워야 했고, 거기에 복종하지 않을 때마다 매를 맞아야 했다.

그러던 어느 날, 친구와 함께 시장을 보다가(적어도 친구를 사귀는 건 허용되었다) 샤밀라는 자신의 관심을 사로잡는 무언가를 발견하게 되었다. 시장의 한 가판대에 싱가포르에서 싼값에 수입한 영어 원서들이 쌓여 있었던 것이다. 그 책들 중 하나는 루이자 메이 올컷*Louisa May Alcott*이 쓴《작은 아씨들》이었는데, 그녀에게는 오래전 메릴랜드에서 이 책을 읽고 좋은 느낌을 받았던 기억이 있었다. 그녀는 친구에게 돈은 나중에 갚을 테니 그 책을 사달라고 했고, 그 책을 몰래 가져와서 침대 매트리스 속에다 숨겨두었다. 하지만 매트리스가 너무 불룩해진 걸 보고 걱정이 된 그녀는 책을 다시 꺼내 여덟 조각으로 나눈 뒤, 그 조각들을 매트리스 안에다 평평하게 깔아놓았다.

그렇게 샤밀라는 자신만의 안식처를 발견하게 되었다. 그녀는 이렇게 썼다. "그건 내 인생의 책이었다. 그 책은 유일한 도피처였고, 내가 끊임없이 읽고 또 읽은 유일한 책이었다. 나는 그 책을 거의 외우다시피 했다." 그건 완전히 다른 세상으로의 도피, 150년 전 지구 반대편으로의 도피였다.

하지만 그 책의 모든 것이 그녀에게 낯설었던 건 아니었다. 샤밀라가 《작은 아씨들》에서 아직 사회로 나가지 않은 소녀들에게 가해진 제약 조건들에 대해 읽었을 때(한 등장인물은 "아직 사회로 나가지도 않았는데 옷은 많이 가져서 뭐 해"라고 말한다), 그녀는 자기 자신을 비롯한 페샤와르의 많은 소녀들이 처한 상황과 똑같다는 사실을 깨닫게 되었다. 허용된 행동과 옷을 입는 방식, 만나서 이야기를 나눌 수 있는 사람의 종류, 이 모든 것이 '아직 사회에 나가지 않은' 소녀라는 위치에 의해 결정되었던 것이다. 페샤와르에서의 그녀의 삶과 완전히 다른 삶을 묘사한다는 점(소년들과 이야기를 나누고 글을 쓸 수 있는 세상)이 그녀에게 이 책이 매력적인 이유였는데, 갑자기 다른 의미에서 이 책이 소중해지기 시작했다. 19세기에 미국에서 살았던 소녀들이 샤밀라의 제약 조건들 중 적어도 한 가지는 알고 있었기 때문이다.

샤밀라는 결국 다시 미국으로 돌아와서 다시는 파키스탄으로 되돌아가지 않았다. 《작은 아씨들》만이 그녀의 유일한 동료이자 위안이자 탈출구였던 그 시기는 그녀의 마음속에 지워지지 않는 흔적을 남겼다. 그녀는 《작은 아씨들》을 자신의 성서라고 부르며, 매년 생일 때마다 그 나이에 해당하는 장을 읽으면서, 그 장의 내용이 자신에게 앞으로 무슨 일이 벌어질지 말해줄 거라고 기대하곤 한다. 그리고 결정을 내리는 데 어려움을 겪을 때마다 그녀는 그 책을 집어 들고 사람들이 수 세기 동안 성서를 가지고(또는 베르길리우스의 《아이네이스》를 가지고) 해온 일을 한다. 즉, 그녀는 그 책의 아무 페이지나 펼쳐 들고 아무 곳에나 손가락을 가져다 댄 뒤, 그 책이 자신에게 제공해주는 조언에 귀를 기울인다.

우리는 가끔 동시대인들에게도 이와 비슷한 복합적 반응을 보이는데, 특히 그들이 다른 문화권에서 온 사람일 경우에는 더 그렇다. 하지만 과거는 독특한 방식으로 인간 경험의 엄청난 다양성을 절실히 느끼게 해준다. 언젠가 수학자 겸 철학자인 알프레드 노스 화이트헤드*Alfred North White-head*는 과거를 연구하는 사람들에게 매우 노련한 조언을 제공한 적이 있다. 그는 이렇게 말했다. "특정 이론의 지지자들이 옹호하려 애를 쓰는 지적 입장에만 관심을 쏟지 않도록 주의하십시오." 이건 과거의 사람들이 공공연하게 논쟁하고 토론을 벌인 그 주제는 그들 이론의 가장 중요한 측면이 아닐 가능성이 높다는 말이다. "당시 모든 체계의 지지자들이 무의식적으로 전제한 근본적 가정들이 존재할 것입니다. 그런 가정들은 너무나도 명백한 것이어서 사람들은 자신이 그런 가정을 하고 있다는 사실을 제대로 인식하지 못합니다. 사물을 바라보는 그 외의 다른 방식들에 대해서는 아예 생각조차 안 해봤기 때문입니다." 그런데 명시적으로 언급되지 않은 그런 관념들은 그 문화권이나 시대의 (우리의 문화와 시대를 포함하여) 가장 핵심적인 가치들일 가능성이 높다.

도로시 오즈번과 같은 과거의 실존 인물들과 조우하거나 《인형의 집》의 노라 헬메르나 《작은 아씨들》의 조 마치 같은 허구의 인물들과 마주칠 때, 사람들은 본능적으로 그들과 자신의 가치, 가정, 희망, 두려움 등에 관해 이야기하게 된다. 그런데 이때 갑작스럽게 그들과 우리 사이의 불협화음을 인지하게 되더라도 그 불협화음으로부터 달아나서는 안 된다. 우리는 그 속으로 곧장 뛰어들어야 한다. 선조들의 태도와 자신의 태도를 비교하는 이 과업은 매우 흥미로운 과정이 될 수 있다. 이 과업은 비록 우리가 원할 때면 언제든 중단할 수 있지만, 실로 끊임없는 대화로도 이어질 수 있다. 이 대화에서 배움을 얻는 건 과거의 인물들이 아니라 바로 우리 자신뿐이다. 레슬리 제이미슨이 말했듯이 양자 사이의 긴장은 타닥거리면서 불꽃을 튀기고, 이 불꽃은 빛과 온기 모두를 생성해낸다.

해변의 시인

약속 │ **과거와 현재와 미래를 잇다**

노벨문학상을 받은 아일랜드 시인 셰이머스 히니*Seamus Heaney*는 시 〈사암 기념품*Sandstone Keepsake*〉에서 저녁 무렵에 이니쇼웬(아일랜드 도니골 주의 북쪽 끝에 위치한 반도)의 자갈 해변을 거닐다가 그곳에서 '젖은 붉은색 돌' 하나를 주운 경험에 관해 이야기한다. 서늘한 저녁 바닷가에서 주운 그 돌은 손바닥 위에서 연기를 내는 듯 보였고, 이 이상한 환영은 그를 사색과 회상 속으로 몰아넣는다. 시와 이야기, 오랜 역사로 가득 차 있던 그의 마음은 중세 영국의 귀족이자 살인자로, 단테가《신곡 - 지옥 편》에서 피로 끓는 강에서 고통받고 있을 것이라고 상상한 적 있는 기 드 몽포르*Guy de Montfort*에게로 이끌렸다. 마치 자신이 북대서양 연안의 차가운 물이 아닌, 피로 끓는 그런 강물 속에 서 있기라도 한 것처럼 말이다.

히니의 마음은 과거로 이끌렸지만, 이 시는 아일랜드 공화국과 북아일랜드 간의 분쟁이 한창이던 1980년대 초반에 쓰였다. 당시 영국군 군사들은 이니쇼웬 반도의 하단부를 가로지르는 국경지대의 감시탑에서 망을 보곤 했는데, 시는 몽상과 회상으로부터 깨어나 감시탑을 보고 있는 모습으로 마무리된다.

> 아무튼, 그곳에서 내가 젖은 붉은색 돌을
> 손에 든 채 자유로운 공상에서 깨어나
> 국경 너머의 감시탑을 응시하고 있을 때,
> 숙련된 쌍안경들이 갑작스레 나를 덮쳤다.
> 스카프에 장화를 신고 저녁 산책을 나온
> 신경 쓸 가치도 없는 하나의 실루엣,
> 구부정하게 거닐며 이 시대와는 무관한
> 한 명의 경배자일 뿐인 나를

히니가 젖은 붉은색 돌을 손에 들고 있을 때 그는 아일랜드 공화국에 있었던 게 아니다. 그는 자신의 '자유로운 공상' 속에 있었고, '숙련된 쌍안경'을 든 영국군 군사들은 '스카프에 장화를 신고 저녁 산책을 나온' 이 남자가 아무런 위협도 안 된다는 사실을 알았다. 군인도 혁명가도 아니고 사회 운동가조차 아니었던 그는 '신경 쓸 가치도 없는' 사람이었다. 그는 바닷물 속의 돌 하나와 오래도록 기억되어 온 고대 시가詩歌들처럼 자신이 사랑하고 기념으로 간직할 수 있는 것들에 대해 공손한 자세로 주의를 기울이는 한 명의 경배자일 뿐이었다. 그렇다면 그는 왜 하필 기 드 몽포르를 떠올린 것일까?

기 드 몽포르는 1244년 영국 잉글랜드 중부에 있는 도시 레스터의 백작이었던 시몽 드 몽포르Simon de Montfort의 아들로 태어났다. 기가 어렸을 때 그의 아버지는 왕권을 주장하는 헨리 3세에 맞선 귀족 전쟁barons' war에서 군대를 이끌었다. 1264년 5월, 백작의 군대가 왕의 군대를 이기자 일부 사람들은 그를 '왕관 없는 영국의 왕'이라고 부르기 시작했다. 하지만 백작은 1년 후 벌어진 이브섬 전투battle of evesham에서 패배하고 만다. 이로 인해 한 아들은 죽임을 당했고, 또 다른 아들과 기는 상처를 입은 채 포로로 잡혀간다. 그리고 백작은 사형 선고를 받고 처형당한 뒤, 허리와 손, 발, 내장 모두를 난도질당하는 끔찍한 죽음을 맞이한다.

이후 포로로 잡혀간 기와 시몬 형제는 감옥을 탈출하여 유럽 대륙으로 도망쳤다. 그곳에서 여러 군주의 군사로 복무하다가 이탈리아 중부 토스카나주에 정착했고, 기는 이탈리아 남부 캄파니아주의 도시인 놀라의 백작으로 임명되었다. 그 뒤 1271년, 여러 유럽 왕족들의 참여하에 이탈리아 중부 라치오주의 도시 비테르보에서 교황 선거가 진행되었고, 기와 시몬은 그곳에서 사촌인 알메인의 헨리*Henry of Almain*를 만난다.

헨리는 귀족 전쟁 당시 왕의 편에서 싸웠지만, 시몬 드 몽포르 백작과 그의 아들을 사형하는 일에 전혀 관여하지 않았다. 오히려 그는 자신의 사촌들을 위해 왕에게 선처를 호소하기까지 했다. 하지만 이를 모르는 기와 시몬은 지금이야말로 아버지와 형제의 복수를 할 기회라고 생각했다. 그들은 헨리가 교회의 추기경과 프랑스와 시칠리아 왕들에게 에워싸인 채 미사를 드리는 중이었다는 것조차 개의치 않고 막무가내로 헨리를 제단에서 끌어 내린 뒤 운집한 고위 관리들 앞에서 살해한다. 이 두 형제는 그들이 저지른 신성모독으로 인해 파문당했고, 그들 중 어느 누구도 오랜 삶을 누리지 못했다.

단테의 《신곡 – 지옥 편》의 일곱 번째 고리인 '난폭한 자들의 영역'에서 셰이머스 히니는 한동안 그리스 신화에 나오는 반인반마 괴물인 켄타우로스의 안내를 받게 되는데,

켄타우로스는 우리에게 기의 유령을 보여준다.

그는 홀로 떨어져 있는 유령 하나를 가리켜 보인다.
"신의 가슴 속에서 저자는 심장을 둘로 쪼갰나니
그 심장은 템스강물 속에서 여전히 피를 흘리노라."

헨리의 심장은 영국으로 이송되어 헤일즈 수도원*Hailes Abbey*에 안장되었지만(템스강 상류에서 그리 멀지 않은 곳이지만, 정확히 말하면 템스강은 아니다), 심장은 그곳에서 '여전히 피를 흘리고 있다'고 한다. 살인자에 대한 복수가 이루어지지 않았기 때문이다. 그리고 기의 만행은 너무나도 끔찍한 것이었던 만큼 그는 지옥에서조차 동행자 없이 혼자였다.

이 모든 것은 이니쇼웬의 자갈 해변을 거닐다 마치 헨리의 한 많은 심장을 손에 쥐기라도 하듯 물가에서 붉은색 돌 하나를 집어 올린 한 시인의 기억 속에 들어 있었다. 통치권 다툼, 사촌 간의 싸움, 끝없는 복수의 악순환, 이 모든 건 귀족 전쟁에 관한 것인가? 아니면 아일랜드 분쟁에 관한 것인가? 아일랜드 사람들은 항상 히니가 혁명에 가담하든, 목소리를 내든 어떤 식으로든 입장을 분명히 해주길 원했다. 하지만 그는 기질 면에서나 신념 면에서나 자신의 시에서 말했던 것처럼 '이 시대와는 무관한' 한 명의 경배자일 뿐이었다.

혁명가들에게는 분명히 이 사실이 실망스러웠을 것이다. 하지만 만일 그 혁명가들이 히니와 같은 경험을 해봤다면 어땠을까? 잊히지 않는 고통을 뼈저리게 경험해봤다면, 너무나도 충격적이고 혼란스러워서 인물과 사건에 대한 정당한 평가조차 내릴 수 없게 만드는 그런 고통을 경험했다면 말이다.

8장에서 도로시 오즈번을 인간 희극의 위대한 기록자로 묘사했는데, 이와 반대로 히니는 인간의 비극을 너무나도 잘 알고 있었다. 그는 20세기 아일랜드인으로서 그 비극을 직접적으로 경험했다. 하지만 이것만으로는 충분하지 않다. 경제학자 존 스튜어트 밀*John Stuart Mill*은 공공의 영역에서 특정한 한 가지 입장만 옹호하려 하는 사람들에 대해 "어떤 문제와 관련해 자기 측의 입장만 아는 사람들은 그 문제를 전혀 모르는 것이나 다름없다"는 유명한 말을 남긴 바 있다. 이와 마찬가지로 우리는 '인간의 역사에서 자신의 시대만 아는 사람들은 아무것도 모르는 것이나 다름없다'고, '그들 자신과 그들의 문화 전체는 그들의 무지로 인해 더 나쁜 것이 된다'고 말할 수 있다. 사람들은 자신의 얄팍

한 순간만을 살며 자신이 살지 않았던 것에 대해서는 알려 하지도, 알지도 못할 것이기 때문이다.

그 결과 우리의 인격의 밀도가 치르는 비용은 엄청나겠지만, 그보다 후손들이 치르는 비용이 훨씬 더 클 것이다. 40년 전 독일의 철학자 한스 요나스*Hans Jonas*는 독일 녹색운동*green movement*에 핵심적인 영감을 제공한 《The Imperative of Responsibility(책임의 원칙)》에서 "현재에 존재하는 어떤 힘이 미래를 대변하는가?"라는 강력한 질문을 던졌다. 그는 '어떤 법과 어떤 관습이 이미 태어났거나 아직 태어나지 않은 후손들을 향한 우리의 배려를 구현하는가?'라고 묻고 있다. 하지만 만일 그의 생각이 요즘 사람들처럼 소셜 미디어 피드에서 제공되는 자극들 때문에 오로지 그 세계에만 감금당한 상태였다면, 그는 결코 이런 질문을 던질 수 없었을 것이다.

이 책의 서문에서 나는 레슬리 하틀리의 《중매자》에 등장하는 "과거는 낯선 나라다. 그들은 그곳에서 다른 삶을 누린다"라는 유명한 구절을 인용한 바 있다. 아마도 이보다 더 자주 인용되는 건, 이와 정반대되는 관점을 표현하는 듯 보이는 "과거는 절대 죽지 않았다. 그건 사실 과거조차 아니다"라는 20세기 세계문학사의 거인 중 한 명으로 평가받는 윌리엄 포크너William Faulkner의 문장일 것이다. 이 두 표현 모두 진실이다. 선조들이 내린 결정은 비록 그것이 현대인들에게 아무리 이상하게 보인다고 하더라도 우리 자신과 우리의 세계에 영향을 미쳤고, 우리가 내리는 결정 또한 후손들의 삶에 영향을 미칠 것이다. 우리는 선조들의 동기와 희망을 이해함으로써 때로는 선조들이 그랬던 것처럼, 또는 선조들이 그렇지 못했던 것처럼, 스스로에게 더 현명하게 행동할 기회를 제공할 수 있다. 그들을 향한 우리의 판단은 당연하고도 지당한 일이지만, 그들을 보다 공정하고 균형감 있게 판단한다면, 우리의 미래를 위해 그들의 경험을 훌륭하게 활용할 수 있을 것이다.

2장에서 보았듯이, 시몬 베유는 과거에 관한 연구를 권장했다. 그녀는 미래는 우리에 의해 상상되는 것인 만큼 인간의 한계에 의해 제한받지만, 과거는 경우에 따라 현재보다 더 풍부할 수 있다고 했다. 하지만 나는 그녀의 말에 완전히 동의하지는 않는다. 만일 미래를 향한 인간의 상상이 과거에 대한 깊은 공감적 지식에 토대를 둔다면, 직접 경험한 것들이라는 제약 조건을 넘어 미래를 상상하는 데 필요한 인격의 밀도를 지니게 될 것이기 때문이다.

1980년에 발표한《Standing by Words(자신의 말에 책임지기)》에서 시인이자 농부인 웬델 베리Wendell Berry는 말에 대한 책임감을 방해하는 문화적 순간에 대해 묘사했다(그중 하나는 우리가 지금 경험하고 있는 것이다). 그에 의하면 자신의 말에 책임지지 않을 수 있는 다양한 방법 가운데 하나는 미래주의자futurist가 되는 것이라고 한다. 베리는 능숙하게 미래주의자들을 조너선 스위프트Jonathan Swift의 《걸리버 여행기》에 등장하는 라가도 연구소의 '계획자들projectors'과 비교한다. 그들은 미래와 의미 있는 관계를 맺고 있는 듯 보이지만, 사실 완전히 자기 생각에만 사로잡혀 있는 사람들이다. 베리는 계획자의 후손 격인 현시대의 미래주의자의 언어에 대해 '언제나 임시적인 가상의 것들을 향해 떠내려간다'고 말하며 그들의 미래는 완전히 허구라 비판했다. 그는 계속해서 이렇게 말한다. "그들의 언어는 사용자들에게 자신의 말을 준수하거나 실천하도록 요구하는 그런 언어가 아니다. 그 언어는 말에 책임을 지거나 거기에 따라 행동해야 할 그 어떤 이유도 제공하지 않는다. 이런 언어의 유일한 효용은 '전문가적 식견'으로 이미 시작된 광대하고 비인간적인 기술적 활동을 뒷받침하는 것뿐이다." 그러면서 계획주의자와 미래주의자에게 "기술과 관련된 그 모든 장대하고 완벽한 꿈들은 미래에서 실현되고 있지만, 실제로 그곳에 가 있는 사람은 아무도 없다"고 말한다. 그들의 상상된 세계에는 실제 사람들을 비롯한 그 밖의 모든 창조물이 결여되어 있다.

그렇다면 계획주의자projector가 되는 것이 바람직하지 못하다면, 사람들은 미래를 향해 어떤 태도를 보여야 하는 것일까? 베리에게 있어 핵심적인 것은 계획하기projecting와 약속하기promising 사이의 구분이다. 그는 이렇게 말했다. "미래주의자들의 '계획하기'는 미래를 욕망하는 대상들을 위한 최대한 안전한 장소로써 활용한다. 그것은 당사자를 이기적 관심시에다 묶어놓을 뿐이다. 하지만 '약속하기'는 당사자를 다른 누군가의 미래에 묶어놓는다." 한스 요나스가 말한 '책임의 원칙'을 충족시키는 수단으로 우리를 인도하는 건 바로 이 같은 구분이다. 그런데 이상하게도 우리는 세상 속에 안전하고, 실질적이며, 밀도 있는 장소를 가질 때에 비로소 다른 사람들에게 약속이란 걸 할 수 있다. 이와 관련해 베리는 "우리는 지금 우리가 서 있는 곳에서 말하지만, 훗날에는 우리가 한 말 앞에 서 있게 될 것이다"라고 말했다. 자기 주위를 에워싼 그 모든 사회적, 정치적, 기술적 힘들에도 아랑곳하지 않고, 이니쇼웬 해변의 물속에 발을 담근 채, '자유로운 공상' 속에 확고히 서 있는 셰이머스 히니를 한번 떠올려보기 바란다.

우리는 자신의 말에 책임짐으로써(이는 오직 중심이 잡힌 사람들, '바람을 타고 이동하는 시장의 신들'에게 휘둘리지 않는 사람들만이 할 수 있는 일이다) '임시적인 가상의' 언어를 사용하는 데서 벗어나 진정한 임무를 떠맡을 수 있게 된다. 인격의 밀도를 증대시킴으로써 진정한 약속을 하는 능력 또한 증대시킬 수 있다. 작가이자 교사인 프랜시스 스퍼포드*Francis Spufford* 역시 "당신은 약속을 지킴으로써 과거와 현재와 미래를 하나로 연결한다*"라고 말했다. 그리고 이런 약속을 함으로써 후손들에게 경작할 수 있는 깨끗한 땅을 물려주는 첫걸음을 내딛게 된다.

---

* 그는 어린 시절 영국에서 로라 잉걸스 와일더*Laura Ingalls Wilder*의 소설들을 읽은 경험에 대해 숙고하던 도중 이 말을 했다. 스퍼포드는 《The Child That Books Built(책이 만든 아이)》라는 책에다 이렇게 썼다. "대개 미국인들은 미래에만 초점을 맞추며, 성급하게 '어제'를 '내일'의 길 밖으로 걷어차 버린다. 반면 초원지대에 사는 사람들은 과거가 생존력을 지닌다는 사실, 그것도 아주 끈질긴 생명력을 지닌다는 사실을 기민하게 알아차린다. 즉, 어떤 상태를 계속 유지하려면 끈질겨야만 한다. 매년 닥치는 가뭄과 홍수에도 불구하고 계속해서 농사를 지으려면 끈질겨야만 하는 것이다." 이 글은 끈질김이란 덕목 없이는 그 누구도 이 책에서 제시한 과업들을 수행해낼 수 없다는 것을 기억하도록 돕는다.

여기서 내가 인용한 건 톨킨의 소설《반지의 제왕》에 나오는 마법사 간달프의 말인데, 그는 자신의 동료에게 이렇게 말했다. "우리의 일은 세상의 모든 파도를 통제하는 것이 아니라, 우리가 몸담은 시대를 돕기 위해 우리가 할 수 있는 일을 하는 것이라네. 우리가 아는 땅의 악들을 뿌리 뽑아 후손들에게 경작할 깨끗한 땅을 물려주는 것이 우리의 일인 것이지. 후손들이 경험하게 될 날씨는 우리가 신경 쓸 바가 아니야." 하지만 나는 마지막 문장에는 동의하지 않는다. 미래의 날씨(은유적 의미와 문자 그대로의 의미 모두에서) 역시 우리가 하는 약속과 그 약속을 시키려는 의지에 의해 크게 좌우될 것이기 때문이다.

결론

18세기에 가장 인기를 끈 소설 중 하나는 불운한 연인들 간의 편지 형식으로 된 프랑스의 소설가 장 자크 루소Jean-Jacques Rousseau의 낭만적인 연애소설 《신엘로이즈Julie, or the New Hiloise》다. 오늘날의 독자들이 이 책의 인기를 이해하는 건 쉬운 일이 아니다. 책의 상당 부분이 주인공인 생 프뢰가 연인인 쥘리에게 보낸 다음과 같은 편지글(서간체 소설)로 채워져 있기 때문이다.

저는 지난 저녁 파리에 도착했습니다. 당신으로부터 두 블록 떨어진 곳에도 살 수 없는 사람이 이제는 수백 킬로미터 이상 떨어진 곳에 살게 되었습니다. 쥘리여! 당신의 불행한 친구인 저를 불쌍히 여기십시오. 제 피가 흐르는 끝없이 긴 길들을 다 헤아린다고 하더라도 우리 사이의 거리보다는 짧게 느껴질 것입니다. 지금 제 영혼은 커다란 권태에 시달리고 있습니다. 제가 우리를 갈라놓는 공간뿐 아니라 당신과 다시 만나게 될 그 순간까지 알 수 있었더라면, 우리 사이의 거리를 좁혀지는 시간으로 상쇄할 수 있었을 것이고, 매일같이 날짜를 지우면서 당신에게로 가까이 가는 시간의 걸음걸이를 헤아릴 수 있었을 것입니다. 하지만 이 고통의 길은 미래에 대한 암울한 전망 속에 집어 삼켜져 버렸습니다. 고통을 한계 짓는 이 길의 끝은 제 연약한 시야를 피해갑니다. 의혹이여! 고문이여! 제 불안정한 가슴은 당신을 찾아 헤매지만, 아무것도 발견하지 못합니다. 태양은 떠오르지만 더 이상 당신을 보게 되리라는 희망으로 데려가 주지 않습니다. 태양은 지고 저는 결국 당신을 보지 못했습니다. 즐거움과 기쁨이 결여된 제 하루하루는 기나긴 밤 속으로 흘러 들어갑니다. 저는 헛되이 꺼져버린 희망에 다시 불을 붙여보려 시도하지만, 그것은 제게 불안정한 양분과 미심쩍은 위로만 제공할 뿐입니다. 사랑스럽고 상냥한 내 사랑이여! 예전의 행복을 잊기 위해 저는 얼마나 더 큰 슬픔을 겪어야 하는 걸까요.

이런 종류의 글이 600쪽 가까이 이어진다. 그 이유를 더 말할 필요가 있을까? 하지만 18세기 프랑스의 위대한 역사가 로버트 단턴*Robert Darnton*은 《신엘로이즈》가 그 시대의 베스트셀러였을 것이라고 거의 확신한다. 분명 그 책은 루소를 문학계의 슈퍼스타로 만들었고, 그는 수천 장의 팬레터를 받았다. 그것들 중 다수는 책과 흡사한 문체로 되어 있었다. 이런 식이다. "그 책이 제게 미친 영향을 저는 감히 입에 담을 수조차 없습니다. 그래요, 저는 책을 읽으며 눈물을 흘렸습니다. 날카로운 고통이 저를 뒤흔들었고, 제 가슴은 무너져 내렸습니다." 그리고 이 편지들 가운데 상당수에는 소설 속 이야기가 허구일 리 없다는 독자들의 신념이 담겨 있었다. 한 독자는 이렇게 썼다. "선생님, 부탁인데 말씀 좀 해주세요. 쥘리는 실존 인물인가요? 생 프뢰는 아직 살아 있나요? 살아 있다면 현재 어느 나라에 거주하고 있나요? 사랑스러운 끌레르, 그녀는 자신의 소중한 친구를 무덤 속까지 따라갔나요?"

이쯤에서 중요한 질문 하나를 숙고할 수 있을 것이다. 그건 '한때 프랑스 전역을 사로잡았던 이야기가 오늘날 우리에게 그토록 낯설게 된 건 대체 어떻게 된 일일까?'라는 질문이다. 실제로 루소의 다른 주요 작품들은 원어로든 번역

233

본으로든 널리 읽히고 있으며 세계 전역의 대학에서 교재로도 활용되고 있지만, 작가 생존 당시에 그토록 사랑받았던 이 작품은 우리 시야에서 거의 사라지다시피 했다. 어떻게 이런 일이 일어날 수 있는 것일까? 이건 생각해볼 가치가 있는 문제다. 지금까지 이야기해왔듯이, 우리를 과거로부터 분리하는 것은 우리를 과거와 연결하는 것만큼이나 중요하기 때문이다. 하지만 지금, 이 작은 책이 끝나가는 이 시점에서 나는 우리가 쉽게 접근할 수 있는 주제 하나를 좀 더 검토하고 싶다. 파리로 이사한 생 프뢰의 심리 상태다. 그는 단순히 자신의 연인인 쥘리를 그리워하기만 하는 것이 아니라, 대도시(알프스의 한 마을에서 자란 그에게는 낯선 장소다)에서의 삶이 완전히 혼란에 빠진 상태다.

내가 앞서 인용한 것과 같은 편지에서 생 프뢰는 도시에서의 그 어떤 즐거움도 쥘리를 생각하는 즐거움에 비교할 바가 못 된다고 했다. 이런 식이다. "저는 하루 종일 도시에서 시간을 보내면서 제 귀와 눈을 유혹하는 모든 것에게 제 관심을 빌려주었지만, 당신과 같은 것은 결코 찾아볼 수 없었습니다. 저는 소음 한가운데서 마음을 가다듬고 비밀스럽게 당신과 대화를 나누었습니다." 그런데 그는 날이 갈수록 자신이 도시 생활의 패턴에 익숙해지고 있다는 사실을 발견하게 된다. 하지만 그 경험을 해석할 방도를 알지 못한다. 만일 그가 철학자의 입장을 취한다면 그는 자신이 이해하길 바라는 그 현상으로부터 너무 멀리 떨어지게 될 것이고, '속물*man of the world*'의 역할을 떠맡는다면 그 현상 속으로 너무 가깝게 끌려들어 가게 될 것이다.

1장에서 언급한 라파엘 래퍼티의 이야기와 연관 지어 말하면, 생 프뢰에게는 파리에서 보내는 매일 밤이 '느린 화요일 밤'일 것이다. 실제로 그는 이렇게 쓴 바 있다. "모든 것은 공허한 외양뿐이고 모든 것이 매 순간 변하기 때문에 저는 무언가에 감동받을 여유도, 무언가를 검토할 시간도 갖지 못합니다." 하지만 이 문제는 가속화된 지각의 문제로만 국한되지 않는다. 그가 경험 중인 '사회적 가속화'는 그의 도덕성마저 변형시켜놓는다. 그는 자신이 '도덕 감정의 질서를 바꾸도록 강요받는다'고, '환상에 가치를 부여하고 자연과 이성을 침묵시키도록 강요받는다'고 느낀다. 그 결과에 대해 그는 이렇게 언급한다. "저는 변덕에서 변덕으로 휩쓸려 다니며, 제 취향은 끊임없이 의견들에 속박당합니다. 저는 다음 순간에 무엇을 사랑하게 될 것인지 단 하루도 확신할 수 없습니다."

이건 분명 우리가 이 책의 도입부에서 다룬 것과 똑같은 주제다. 정보의 밀도가 높은 환경이 인격의 밀도가 낮은 개인들을 양산해낸다는 내용 말이다. 무한한 선택을 제공하는 듯 보이는 세상이 실제로는 선택을 거의 불가능하게 만들어놓는데, 이는 정보 환경이 우리를 대신해서 선택하기 때문이다. 이 말은(여기서 루소는 우리에게 새롭고 핵심적인 무언가를 제공하고 있다) 우리의 정보망에 의해 우리가 사랑하는 것이 결정된다는 뜻이다. 그래서 생 프뢰가 "무엇을 사랑하게 될 것인지 단 하루도 확신할 수 없습니다"라고 말한 것이다.

과거와 관련해 긍정적 선택의 태도를 취하면서(3장), 인간적 관계와 인간적 가치의 진짜 알맹이를 추구하는 것(5장), 이건 정말로 감탄할 만한 개념이다. 여기에는 매우 고귀한 포부가 담겨 있다. 하지만 개념과 포부 그 자체는 마음의 습관으로 자리 잡지 않는 한 그리 큰 가치를 지니지 못한다. 그런데 내가 지금 이야기하고 있고, 사실상 이 책 전반에 걸쳐 이야기해온 것은 관심을 가질 필요가 있다. 즉, 우리는 과거로부터 들려오는 너무나도 자주 무시당하는 그 목소리들을 사랑할 줄 알아야 한다. 2장에서 "우리가 이 책에서 만나는 죽은 이들이 필요로 하는 건 우리의 관심이라는 피뿐이다"라고 말한 바 있는데, 사실 우리는 오직 무언가를 열렬히 사랑할 때에만 관심의 피를 제공하려 한다. 하지만 내가 제안하고자 하는 건 우리 자신을 위해서, 우리의 정체성을 풍부하게 하고 스스로를 더 강건하게 만들기 위해서 죽은 이들에게 관심이란 피를 제공하자는 것이다. 이렇게 하면 9장에서 말했듯이, 우리는 그렇게 획득한 강건함을 활용해 미래와 의미 있는 약속을 만들어나갈 수 있다.

물론 이건 그리 단순한 문제는 아니다. 우리가 선조들을 사랑하는 법을 배우지 않는 한, 과거를 활용해서 자신을 사랑하는 법을 배울 수 없기 때문이다. 우리는 그들을 타인이 아닌 이웃으로서 대해야 하며, 궁극적으로는 친척으로서, 인류라는 거대 가족의 한 구성원으로서 대해야만 한다. 이 책 전반에 걸쳐 선조들의 '경험의 직접성'을 회복해주길 희망했던 베로니카 웨지우드 같은 작가들을 인용한 건 바로 이 때문이다. 이런 작가들은 우리에게 선조들을 비판적 거리를 두고 관찰하는 인류학적 호기심의 대상으로서가 아닌, 함께 식사를 나눌 수 있는 한 명의 친구로 대할 수 있도록 해준다.

이렇게 우리가 옛사람들과의 관계를 회복할 때, 그들은 우리가 극복한 편협함과 사악함의 본보기로서가 아닌 이웃으로서, 심지어는 스승으로서 모습을 드러내게 된다. 그리고 그들이 완전히 잘못된 방향으로 갈 때조차 그런 상황이라면 우리도 그랬을지도 모른다는 점을 인정한다면 우리는 그들에게 단순한 관심을 넘어선 사랑을, 후손들에게 바라는 것과 같은 바로 그런 종류의 사랑을 보내줄 수 있을 것이다. 인격의 밀도를 향상해야 한다는 이 책의 주장은 먼 과거에서 먼 미래로 이어지는 생명의 사슬에서 고리로서 제 역할을 담당해야 한다는 주장이기도 하다. 그것은 결국 사랑의 계보를 옹호하는 주장이다.

독자들에게

이 책 전반에 걸쳐 '오래된 책들'에 대해 이야기했다. 비록 관심을 기울일 가치가 있는 다른 오래된 것들도 많겠지만, 과거의 말들에만 초점을 맞췄다. 그건 결코 쉬운 일이 아니었다. 하지만 옳은 선택이었길 바란다.

폴 코너튼*Paul Connerton*은 《How Modernity Forgets(현대는 어떻게 망각하는가)》에서 공적이거나 사적인 장소들이 기억의 표지가 될 수 있고, 심지어는 기억의 인스턴스화*instantiations*(추상적인 것을 구체적인 예를 통해 표현) 될 수도 있다고 묘사한 바 있다. 실제로 옛 영웅의 이름을 딴 공공 광장이나 그곳에서 열리는 중요 행사 등은 거실에 놓은 가족사진이나 기념품들과 비슷한 역할을 한다. 즉, 그것은 우리가 상속받은 정체성을 환기시켜준다. 이혼 후 신혼여행 때 산 그림을 다락방으로 옮기는 것도, 프랑스 혁명에 가담한 사람들이 노트르담 다리를 이성의 다리*Pont de la Raison*라고 개명한 것도 다 이런 이유 때문이다.

건축은 양식을 통해 우리에게 말을 걸어오는데, 금방이라도 무너질 듯한 집들을 떠받치고 있던 오래된 노트르담 다리는 분명 이성을 부르짖지 않았다. 아마도 혁명이 일어나기 몇 년 전 그 집들을 철거한 것이 개명 작업에 도움이 되었을 것이다. 때때로 파리의 건물들은 더 힘차게 말을 걸어온다. 예컨대 판테온*Pantheon*을 자세히 관찰하다 보면, 그 건물이 기독교적 배경을 갖는다는 점을 인식하지 않을 수 없게 된다(원래 이 건물은 성 제너비브 교회였다). 하지만 그런 목소리들은 인간이 내는 목소리에는 비할 바가 못 된다. 예를 들어 조상의 모습이 담긴 사진들은 비록 문자 그대로 말을 하는 건 아니지만(영화 〈해리포터〉에 등장하는 움직이는 사진들조차 소리는 내지 않는다), 훨씬 큰 소리로 말을 걸어온다. 그런데 사진과 건물, 폐허 등이 우리에게 말을 걸어올 수 있는 건, 우리가 그것들과 마주치기 전부터 존재했던 말들 덕분이다. 시인 새뮤얼 존슨*Samuel Johnson*은 이렇게 쓴 바 있다. "마라톤 평원(아테네군이 페르시아 대군을 격파한 곳)에서 애국심이 고양되는 걸 느끼지 않거나 이오나(스코틀랜드 기독교가 태어난 곳으로 존경받는 순례의 장소)의 폐허 한가운데서 신앙심을 자극받지 않는 그런 사람은 선망의 대상이 될 수 없다." 하지만 헤로도토스*Herodotus*(《페르시아 전쟁사》를 집필한 그리스 역사가)와 베다 베네라빌리스*Venerable Bede*(《앵글인의 교회사》를 집필한 수도사)의 저작이 없었더라면 우리가 마라톤 평원과 이오나 폐허에 대해 무엇을 알았겠는가?

하지만 선조들이 직접 남긴 말의 경우라면 어떨까? 강렬하고 아름다운 한 에세이에서 영국의 작가 폴 킹스노스*Paul Kingsnorth*는 피레네산맥의 니오 동굴에 있는 암실인 살롱 누아*Salon Noir*를 방문한 경험을 다음과 같이 묘사했다.

암실의 벽은 들소 떼와 매머드 한 쌍, 아이벡스 무리 등과 같은 다수의 포유류들을 묘사하는 수백 개의 선들로 가득 메워져 있었다. 이 그림들은 전문가의 솜씨로 일관되면서도 우아하게 묘사되어 있었다. 그림을 수없이 그려본 것이 분명했다. 이들은 자신의 작업에 완전히 통달한 예술가들이었다. 또한 동물에 대해서도 잘 알고 있었다. 그림에는 아이벡스의 수염에서부터 매머드의 꼬리에까지 이르는 해부학적 세부사항들이 섬세하게 묘사되어 있었다.

하지만 왜 그림을 동굴 속에 그린 것일까? 킹스노스는 비록 사람들이 그 그림을 '수렵도'라 부르긴 해도 사냥당하는 동물은 단 한 마리도 없었다고 지적한다. 실제로 고인류학자들도 이 광경을 그린 사람들(그들은 마들레니안*Magdalenians*이라고 불린다)이 그 동물들을 먹지 않았을 것이라고 믿는다. 남겨진 뼈를 분석한 결과 그들이 순록을 먹었다는 점이 밝혀졌지만, 암실 벽에서는 순록 그림이 전혀 발견되지 않았다. 그래서 우리는 다시 질문하지 않을 수 없다. 약 1만 5천 년 전에 살았던 이 사람들은 왜 동물을 그렸으며, 왜 동물 그림에다 그토록 애정 어린 관심을 쏟은 것일까? 그런데 이 질문은 킹스노스를 더 큰 질문으로 이끈다. 그는 이렇게 썼다. "세계란 그들에게 무엇이었으며, 어떤 정신이 그 시대를 지배한 것일까? 그들은 세상에서 자신들이 차지하는 자리와 과거, 현재 등에 대해 어떤 이야기를 한 것일까? 그들은 자신이 누구라고 생각한 것일까?"

킹스노스는 마들레니안들에 대한 우리의 지식이 얼마나 빈약한지 잘 알았고, 그들의 생각은 물론 그들의 삶에 대해서도 아는 게 거의 없다는 사실도 이해하고 있었다. 하지만 그는 무언가를 직감하기라도 한 듯, 한 가지 추측을 한다.

내게 명백해보이는 건(나는 증거가 빈약하다는 사실이 이 점을 도리어 뒷받침해준다고 생각한다), 이 암실에서 무슨 일이 일어났든지 간에, 그것은 실용적인 목적을 위한 것이 아니었다는 것이다. 여기 있던 사람들이 누구든, 그들이 한 일이 무엇이든 간에, 그들은 일상 현실을 아득히 넘어서 있는 무언가와 연결되기를 희망하고 있었다. 이 그림들은 경제적이거나 박물학적인 관심사의 표현이 아니다. 이 그림들은 내가 고대의 화가가 서 있던 이 자리에 서서 느끼는 왜소함이나 놀라움, 외경심 같은 기분들과 같은 원천으로부터 솟아난 것이 분명하다. 이건 인간의 이해를 무한히 넘어서는 무언가를 향한 하나의 손짓이다. 이건 성스러운 것과의 접촉을 표현한다.

킹스노스의 이 말은 옳은 것일 수도 있지만(나는 그의 생각이 옳은 것이기를 바란다), 우리는 진실을 모르며, 앞으로도 결코 알 수 없을 것이다. 우리는 킹스노스가 던진 질문들에 이 선사시대 사람들이 어떤 식으로 답할지 전혀 알 수 없다. 살롱 누아에 그려진 이 그림들은 보는 사람에게 직접적으로 말을 걸어오지만, 그 방식이 상당히 독특하다. 이 그림들은 드러내는 것만큼이나 숨기는 것도 많다.

캐나다의 논평가 휴 케너*Hugh Kenner*는 1870년 이후부터 고고학자들이 발굴한 유물과 이를 전시하는 유럽의 박물관들 덕에 많은 사람들이 먼 과거로부터 온 공예품들을 구경하고 만져볼 수 있게 되었다는 점을 노련하게 지적한 바 있다. 그런 뒤 그는 그 동굴 벽화에 대해 다음과 같이 논평했다. "이 그림들은 충격적이다. 말과 사슴, 들소 같은 동물들이 비록 원근법이 무시되긴 했어도, 그토록 직접적인 인식의 대상이 되었다는 사실은 오늘날의 기준으로는 이해할 수 없는 일이다. 그렇지만 이들은 오랜 옛날의 기준에도 의지하지 않는 듯 보인다. 이들은 단순히 역사의 바깥에 존재하고 있다. 겹겹이 쌓인 시간이 비현실 위로 평평하고 투명하게 중첩된 것이다." 그런데 역사의 바깥에서 살아가는 사물은 우리에게 분명하게 말을 걸어올 수도 없다. 설령 완전히 침묵하지는 않더라도, 그것은 기껏해야 우물거릴 뿐이고, 우리는 그 의미를 해독하기 위해 분투해야만 한다.

이런 모호함은 과거의 물리적 잔재들이 나타내 보이는 주요한 특징 중 하나다. 몇 년 전 로마를 처음 방문했을 때, 포럼*forum*(고대 로마 시대의 공공 집회 광장)을 배회하면서 예술적인 사진을 찍으려고 애를 쓰다가 주변에 위치한 빅터 에마뉘엘*Victor Emmanuel*의 기념관인 조국의 제단*Altare della Patria*의 거만한 풍채가 계속해서 시선을 끄는 걸 느꼈다. 포럼에 있는 다른 모든 사물들 위로 솟아 있는 그 건물의 위압적인 모습은 내 눈에 너무나도 거슬렸다. 내게는 그 건물이 너무 화려하고 거창해보였고, 마치 고대 로마의 아름다움을 질투하면서 그 아름다움을 능가하려 분투하는 것 같다는 인상도 받았다. 내 생각에 그 건물은 자만심의 기념비에 불과했다.

얼마 후 글을 읽다가, 당시 나의 본능적인 이 반응이 완전히 틀린 것은 아니라 하더라도, 불완전하고 부적절한 것이었다는 것을 배우게 되었다. 이 조국의 제단은 사실 조각난 반도를 현대적 국가로 탈바꿈하기 위해 추진된 이탈리아의 문화 및 정치 부흥 운동인 리소르지멘토*Risorgimento*의 핵심적인 한 구성 요소였다. 이 운동은 고대 로마와 경쟁하는 것만큼이나 그 정신을 기리는 것 또한 추구하고 있었다. 그런데 내가 그 기념비에 부여한 의미들은 기껏해야 단편적인 내용이거나 왜곡된 진실에 불과했다. 어쩌면 이는 불가피한 일이었는지도 모른다. 나는 단어들이 아닌 무게감과 형태, 모양 등으로 이야기하는 건축물의 언어를 말로 번역하려 애쓰고 있었기 때문이다.

선조들의 예술작품을 감상하는 것은 놀라울 정도로 강

력한 경험이 될 수 있다. 하지만 우리는 인간의 목소리, 우리보다 먼저 살다간 이들이 우리에게 이야기하는 그 목소리 또한 듣고 싶어 한다. 솔직히 말해 듣고 싶어 할 수밖에 없다. 그들이 인간의 언어로 말할 때는 설령 그것이 문자 언어일 때조차 그들의 말을 무시할 수 없게 된다. 이스라엘의 역사가 유발 하라리*Yuval Noah Harari*는 예루살렘이 '단지 돌에 불과하다'는 사실을 깨닫게 된 순간에 관해 이야기한 바 있다. 단지 돌에 불과하다? 물론 누군가는 원한다면 그런 식으로 볼 수도 있겠지만, 오래된 책을 집어 들어 펼친 뒤 '그서 목재 펄프 위에 뿌려진 잉크 흔적들일 뿐'이라고 생각할 수 있는 사람은 아무도 없다. 우리는 거기 적힌 말들을 경멸할 수 있고, 그것을 쓸데없는 이야기로 치부할 수도 있지만, 그 말들의 의미가 전해지는 걸 완전히 피할 수는 없을 것이다. 다른 세계에 사는 또 다른 인간이 우리에게 말을 걸어온 것이기 때문이다.

1950년대 중반, 로버트 모세*Robert Moses*(뉴욕 도시 계획을 이끈 인물)가 뉴욕에서 가장 영향력 있는 인물이었을 당시, 그가 뉴욕 콜로세움이라 불렀고, 실제로도 그렇게 불리게 된 콜럼버스 서클(뉴욕 맨해튼에 있는 원형 광장)의 한 컨벤션 센터 건설 현장을 감독한 바 있다. 수년 후, 로버트 카로*Robert Caro*

가 모세의 전기를 집필할 때, 모세 자신도 그 일에 협력하긴 했지만, 그는 틈날 때마다 경멸 어린 태도로 "이 책이 얼마나 갈까요? 이런 책은 얼마 후면 잊히게 될 거예요"라며 자신의 책에 대해 의문을 제기하곤 했다. 책 같은 건 장대한 콜로세움에 비할 바가 못 된다는 것이다.

1999년 말경, 카로는 뉴욕 콜로세움이 해체되기 시작하는 광경을 자신의 사무실 창밖으로 내다보게 되었다. 그 건물은 차후에 타임 워너 센터(뉴욕 중심가의 쌍둥이 빌딩)로 바뀌었다. 저널리스트에게 이 이야기를 하던 도중 카로는 이렇게 말했다. "사람들이 그 건물을 무너뜨리는 걸 보면서 저는 책이란 매체에 대해 생각해보게 되었습니다."

감사의 말

우선 비판적 안목과 관대한 정신을 지닌 편집자 지니 스미스와 캐롤라인 시드니를 비롯한 펭귄 출판사의 뛰어난 식원분들에게 감사드린다. 주의 깊게 원고를 교정해준 교열 담당자분과 우리 모두를 한자리에 모이게 해준 나의 탁월한 출판 에이전트 크리스티 플레쳐에게도 감사의 말씀을 전한다.

격려와 건설적인 비판을 해준 친구 가넷 캐도건, 엘리자베스 코리, 비버리 가벤타, 리처드 깁슨, 웨슬리 힐, 제임스 데이비슨 헌터, 팀 라센, 에드워드 멘델슨, 롭 마이너, 애덤 로버츠, 댄 트레이어에게도 감사를 전하고 싶다. 특히 결정적인 순간에 현명한 조언을 해준 프랜시스 스퍼포드에게 감사를 전하고자 한다. 이 책의 시안이 된 에세이를 의뢰하고 편집하고 게재해준 《가디언》지의 아마나 폰타넬라 칸에게는 가장 따뜻한 감사를 표한다.

이 책을 집필하는 동안 내 아내인 테리*Teri*와 아들 웨슬리*Wesley*는 평소 그래온 방식대로 내 현실 감각을 유지시켜 주었고, 내가 겸허함을 잃지 않도록 도와주었다.

책 첫 페이지에 이제는 고인이 된 사랑하는 친구 브렛 포스터를 기리며 그에게 이 책을 헌정했다. 그는 죽은 이들과 식사하는 것에서 가장 큰 기쁨을 느꼈던 친구다. 특히 데이비드 페리*David Ferry*가 번역한《호라티우스 시선집》을 좋아했는데, 그 책은 어지러운 손글씨가 적힌 메모장과 복사해서 붙여넣은 시들, 연필로 작게 적힌 무수한 주석들로 뒤덮여 있다. 그 책은 집필 기간 내내 내 옆에 있었다. 친애하는 친구여, 너무나도 보고 싶구나.

마지막으로 잘 가라 작은 책아. 세상 속으로 나아가 할 수만 있다면 세상을 이롭게 해라. 나는 항상 네게 진 빚을 잊지 않을 것이다. 너는 내게 수많은 달콤한 순간들을 안겨주었다. 사람들이 내게 놀라운 영상이나 자극적인 트위터 메시지에 관해 숨 가쁘게 이야기할 때마다 "죄송합니다. 요즘 오래된 책들에 대해 생각하느라 그런 건 들어본 적이 없습니다. 다시 제 일로 돌아가야겠습니다"라고 말할 수 있었던 건 다 네 덕분이다.

참고문헌

서론

- 14쪽 **고요한 마음** Horace, *The Epistles of Horace: Bilingual Edition*, trans. David Ferry (New York: Macmillan, 2002), I.18.

- 15쪽 **사이코패스처럼** Jason Gay, tweet of September 22, 2015, ht tps://twitter.com/jasongay/status/646301750346010624.

- 19쪽 **통찰을 향한 압력** Norbert Elias, *The Civilizing Process: Sociogenetic and Psychogenetic Investigations*, trans. Edmund Jephcott (New York: Wiley, 2000), part 4, ch. 2.

- 20쪽 **젊은이들** See, for instance, recent reflections by Tess Brigham (https://www.cnbc.com/2019/07/02/a-millennial-therapist-brings-up-the-biggest-complaint-they-bring-up-in-therapy.html) and Loren Soeiro (https://www.psychologytoday.com/us/blog/i-hear-you/201907/why-are-millennials-so-anxious-and-unhappy).

- 21쪽 **과거는 낯선 나라** L. P. Hartley, *The Go-Between* (1953; repr., New York: NYRB Classics, 2002), 16.

- 22쪽 **기후 변화** Amitav Ghosh, *The Great Derangement: Climate Change and the Unthinkable* (Chicago: University of Chicago Press, 2016). The interview with Wen Stephenson appeared in *The Baffler* (https://thebaffler.com/latest/divining-comedy-stephenson). The novel in which Ghosh draws on what he learned from pre-modern Bengali literature is *Gun Island* (New York: Farrar, Straus & Giroux, 2019).

1. 과거와 현재, 그 시간의 대역폭

- 28쪽 **인종주의자 겸 성차별주의자의 식민지 건설 기록** Charles Boyle's denunciation of Robinson Crusoe is in *The Guardian*: https://www.theguardian.com/books/2019/apr/19/robinson-crusoe-at-300-its-time-to-let-go-of-this-toxic-colonial-fairytale.

- 28쪽 **한 사서** Sofia Leung on library collections proliferating whiteness: https://sleung.wordpress.com/2019/04/15/whiteness-as-collections/.

- 28쪽 **노트르담 대성당 화재** Patricio del Real of Harvard is quoted saying of Notre-Dame that "the building was so overburdened with meaning that its burning feels like an act of liberation" at https://www.rollingstone.com/culture/culture-features/notre-dame-cathedral-paris-fire-whats-next-822743/.

- 28쪽 '더럽혀진다'는 생각 I explain more thoroughly what I mean by "defilement" in "Wokeness and Myth on Campus," *The New Atlantis*, Summer/Fall 2017.

- 30쪽 주의력 공공재 Matthew Crawford, "The Costs of Paying Attention," *The New York Times*, March 7, 2015.

- 30쪽 사회적 가속화 Hartmut Rosa, *Social Acceleration: A New Theory of Modernity*, trans. Jonathan Trejo-Mathys (New York: Columbia University Press, 2013). This magnificent book is too technical for me to share in undiluted form, but it has been essential to my thinking about my whole project. My debt to Rosa is immense.

- 31쪽 일데폰사 임팔라 Lafferty's books go in and out of print, but "Slow Tuesday Night" may be found in a collection called *Nine Hundred Grandmothers* (New York: Ace, 1970). The collection has been reprinted several times by other publishers.

- 33쪽 속도는 우리 시대의 신이다 Stefan Breuer, quoted in Rosa,

Social Acceleration, 14.

- 33쪽 **역사의 종말** Fukuyama, *The End of History and the Last Man* (New York: Penguin, 1993), 66.

- 34쪽 **정신없이 바쁜 멈춤** The phrase, which Rosa quotes often, comes originally from Paul Virilio. It's the English translation of Rosa's German version (rasender Stillstand) of *Virilio's L'Inertie polaire* (the title of a book he published in French in 1990, which later was translated into English as Polar Inertia). "Frenetic standstill" is an excellent phrase.

- 35쪽 **알지 못하는 이유** Clay Routledge, "From Academia to Hollywood: An Interview with Tony Tost," *Quillette*, July 13, 2019, https://quillette.com/2019/07/13/academia-and-hollywood-an-interview-with-tony-tost/.

- 36쪽 **자극받는 아기** William James, *The Principles of Psychology* (New York: Henry Holt, 1890), ch. 17, "Sensation."

- 37쪽 **민족을 말살하는** Milan Kundera, *The Book of Laughter and Forgetting*, trans. Aaron Asher (New York: HarperPerennial, 1994), 218.

- 38쪽 **역사의 참되고 주된 과업** Thomas Hobbes's remarks are in "To the Readers," in his translation of Thucydides's *The Peloponnesian War* (1628; repr., Chicago: University of Chicago Press, 2008), xxi.

- 38쪽 **인격의 밀도** Thomas Pynchon, *Gravity's Rainbow* (1973; repr., New York: Penguin, 2012), 509.

- 41쪽 **너는 너의 삶을 바꿔야 한다** "Archaic Torso of Apollo," in *The Selected Poetry of Rainer Maria Rilke*, trans. Stephen Mitchell (1982; repr., New York: Vintage, 1989), 61.

- 41쪽 **처세** Gerd-Gunter Voss is quoted in Rosa, *Social Acceleration*, 236 – 37.

- 44쪽 **바람을 타고 이동하는 시장의 신들** Kipling's poem "The Gods of the Copybook Headings," which we shall return to later, is widely available online.

- 46쪽 **오래된 세대의 문화 상품들** Routledge, "From Academia to Hollywood."

- 47쪽 **충격으로부터 이득을 얻는 것** Nassim Nicholas Taleb, *Antifragile: Things That Gain from Disorder* (New York: Random House, 2012), 4.

- 47쪽 **사실이다** Charles Taylor, *A Secular Age* (Cambridge: The Belknap Press of Harvard University Press, 2007), 28 – 29.

- 49쪽 **쭈글쭈글한 손으로부터 벗어나게 해준** Christopher Hitchens, *God Is Not Great: How Religion Poisons Everything* (New York: Twelve, 2007), 283.

2. 함께 식사하기

- 51쪽 **예술은~주된 수단이다** This is an image that Auden seems to have come up with late in his life, but he liked it enough to use it repeatedly. Its first occurrence, I believe, came in a lecture he delivered in 1967: "Let us remember that though the great artists of the past could not change the course of history, it is only through their work that we are able to break bread with the dead, and without communion with the dead a fully human life is impossible." W. H. Auden, *The Complete Works of W. H. Auden*, vol. 5, Prose: 1963 – 1968, ed. Edward Mendelson (Princeton, N.J.: Princeton University Press, 2015), 477.

- 52쪽 **불순한 삶** A readily accessible source for the Clementine Homilies is http://www.newadvent.org/fathers/0808.htm. Homily 13 is the one I have quoted.

- 56쪽 **목소리들이 있다** David Cannadine, *The Undivided Past: Humanity Beyond Our Differences* (New York: Knopf, 2013), 5 – 6.

- 57쪽 **명백한 차이를 인정하지만** Maya Angelou, *I Shall Not Be Moved: Poems* (New York: Random House, 2011), 5.

- 58쪽 **트러블과 함께하기** Donna Haraway, *Staying with the Trou-*

ble: Making Kin in the Chthulucene (Durham, N.C.: Duke University Press, 2016), 3, 209.

- 59쪽 삼자 대조법 Scott Alexander's ingroup/outgroup/fargroup tripod is developed in a 2014 post called "I Can Tolerate Anything except the Outgroup," https://slatestarcodex.com/2014/09/30/i-can-tolerate-anything-except-the-outgroup/.

- 61쪽 그런 책은 우리 집에 들여놓을 수 없어요 Brian Morton, "Virginia Woolf? Snob! Richard Wright? Sexist! Dostoyevsky? Anti-Semite!," *The New York Times*, January 8, 2019, https://www.nytimes.com/2019/01/08/books/review/edith-wharton-house-of-mirth-anti-semitism.html.

- 63쪽 만일 사자가 말할 수 있다고 해도 Ludwig Wittgenstein, *Philosophical Investigations*, ed. P. M. S. Hacker and Joachim Schulte, 4th ed. (Oxford: Blackwell, 2009), 223.

- 63쪽 박쥐가 된다는 것은 어떤 것일까? Thomas Nagel, "What Is It Like to Be a Bat?," *Philosophical Review* 83, no. 4 (October 1974): 435–50.

- 64쪽 메이블과 함께 사냥하면서 Helen Macdonald, *H Is for Hawk* (New York: Grove Atlantic, 2014), 210.

- 66쪽 과거는 우리에게~제공해준다 Simone Weil, "The Romanesque Renaissance," in *Selected Essays, 1934–1943: His-*

torical, Political, and Moral Writings, trans. Richard Rees (Eugene, Ore.: Wipf & Stock, 2015), 44.

- 68쪽 **이제 나는 혼자서 가야 하네** Quoted in Anita Desai, *Clear Light of Day* (London: Penguin, 1980), 167, 174.

- 72쪽 **롱나우 재단** http://longnow.org/about/.

- 72쪽 **기여하길 바란다면** Brian Eno, "The Big Here and Long Now": http://longnow.org /essays/big-here-and-long-now/.

- 74쪽 **몽상가들** Weil, "The Iliad, or the Poem of Force," trans. Mary McCarthy, *Chicago Review* 18, no. 2 (1965): 5 – 30.

3. 과거의 죄악들

- 80쪽 **위대한 사상가들을 예찬하는 건** Julian Baggini, "Why Sexist and Racist Philosophers Might Still Be Admirable," *Aeon*, https://aeon.co/ideas/why-sexist-and-racist-philosophers-might-still-be-admirable.

- 83쪽 **죽이는 것이** Thomas Nagel, "What We Owe a Rabbit," *New York Review of Books*, March 21, 2019, https://www.nybooks.com/articles/2019/03/21/christine-korsgaard-what-we-owe-a-rabbit/.

- 84쪽 **믿기 힘든 일로 다가온다** John Dewey, *Democracy and Educa-*

tion: An Introduction to the Philosophy of Education (New York: Macmillan, 1916), 20.

- 85쪽 **긍정적 선택과 부정적 선택 사이의 구분** Alyssa Vance, "Positive and Negative Selection," *The Rationalist Conspiracy* (blog), June 19, 2012, https://rationalconspiracy. com/2012/06/19/negative-and-positive-selection/. Scott Alexander's use of Vance's idea is at https:// slatestarcodex.com/2019/02/26/rule-genius-in-not-out/. He concludes his post thus: "Some of the people who have most inspired me have been inexcusably wrong on basic issues. But you only need one worldchanging revelation to be worth reading."

- 89쪽 **자유로운 표현이 용인된다면** John Milton's *Areopagitica* is widely available online, for instance in this well-prepared version: https://www.dartmouth. edu/~milton/reading_room/areopagitica/text.html.

- 93쪽 **가장 고차원적 이상들** C. V. Wedgwood, *The King's Peace*: 1637–1641 (1955; repr., New York: Book of the Month Club, 1991), 16.

- 95쪽 **소박하고 허름한** Claude Levi-Strauss, *Tristes Tropiques*, trans. John Weightman and Doreen Weightman (1955; repr., London: Penguin, 2012), 384.

4. 차이 없는 과거

- 102쪽 18세기에 이르기까지 I quote this letter in my introduction to the critical edition of Auden's 1944 poem *For the Time Being: A Christmas Oratorio* (Princeton, N.J.: Princeton University Press, 2013), xxi.

- 103쪽 낭만주의적 악덕의 전형이다 C. V. Wedgwood, *The Sense of the Past* (Cambridge: Cambridge University Press, 1957), 6.

- 105쪽 저녁이 되면 J. R. Hale, ed., *The Literary Works of Machiavelli* (Oxford: Oxford University Press, 1961), 372.

- 108쪽 원래 다른 사람들을 위한 것이었지만 Plutarch, *Roman Lives*, trans. Robin Waterfield (New York: Oxford University Press, 1999), 42.

- 111쪽 왕이 웨스트에게~묻자 Garry Wills, *Cincinnatus: George Washington and the Enlightenment* (New York: Doubleday, 1984), 13.

- 113쪽 누군가~라고 말했습니다 Quoted in Andrew Roberts, *Churchill: Walking with Destiny* (London: Penguin, 2018), 116.

- 114쪽 인간의 마음 Chesterton's essay "On Man: Heir of All the Ages" may be found in many places online, for instance, http://www.gkc.org.uk/gkc/books/Avowals_and_Denials.html #13.

- 116쪽 평화의 조짐이다 *The Taming of the Shrew*, V.ii.

- 117쪽 **매우 놀랄 만한 것** C. S. Lewis, *A Preface to Paradise Lost* (London: Oxford University Press, 1942), 76.

- 118쪽 **고전을 읽을 때** Calvino, "Why Read the Classics?," *New York Review of Books*, October 9, 1986, https://www.nybooks.com/articles/1986/10/09/why-read-the-classics/.

- 119쪽 **반대하는 것이 진정한 우정이다** The sentence is found in some, but not all, copies of Blake's *The Marriage of Heaven and Hell* (1793); see, for instance, the edition with commentary by Geoffrey Keynes (Oxford: Oxford University Press, 1975), xxv.

- 121쪽 **황제와 장군** Daniel Mendelsohn, "Is the Aeneid a Celebration of Empire—or a Critique?," *The New Yorker*, October 15, 2018, https://www.newyorker.com/magazine/2018/10/15/is-the-aeneid-a-celebration-of-empire-or-a-critique.

- 123쪽 **매우 퀴어적인 책** Philip Hoare, "Subversive, Queer and Terrifyingly Relevant: Six Reasons Why *Moby-Dick* Is the Novel for Our Times," *The Guardian*, July 30, 2019, https://www.theguardian.com/books/2019/jul/30/subversive-queer-and-terrifyingly-relevant-six-reasons-why-moby-dick-is-the-novel-for-our-times.

- 124쪽 **77세** Tom Stoppard, *The Invention of Love* (New York: Grove Press, 1998), 1.

- 127쪽 **이렇게~도달하게 된다** Dewey, *Democracy and Education*, 89.

- 128쪽 **삶은 짧으나** The first line of Chaucer's *Parlement of Foules* (Parliament of Birds).

- 130쪽 **우리가 사랑한 것을** The line may be found near the very end of the fourteenth book of Wordsworth's long poem *The Prelude* (widely available online)— at least in the 1850 edition. Rather than "we will teach them how," the 1805 edition had the more modest "we may teach them how." Perhaps the poet grew more confident with age.

5. 진짜 알맹이

- 131쪽 **정직하고 지적인 태도** Patrocinio Schweickart's essay has been extremely widely anthologized, for instance in *Feminisms: An Anthology of Literary Theory and Criticism*, ed. Robyn R. Warhol, and Diane Price Herndl (New Brunswick, N.J.: Rutgers University Press, 1997), 609–34.

- 135쪽 **의심의 여지가 없습니다** Ursula K. Le Guin, *Lavinia* (New York: Mariner Books, 2009), 4.

- 139쪽 계속해서 지속되는 마음의 습관 Kathleen Fitzpatrick, *Generous Thinking: A Radical Approach to Saving the University* (Baltimore: Johns Hopkins University Press, 2019), 56. Fitzpatrick is very shrewd on the ways that the academic profession— and this is true of many other professions— pays lip service to generosity but also builds up a structure of incentives that actively resists generosity: "This mode of generous thinking is thus first and foremost a willingness to think with someone. Scholars frequently engage in this kind of work with close colleagues, in various ways— when we read their in-preparation manuscripts in order sation that rapidly diminishes as we move outside our immediate circles and turn to the more public performance of our academic selves. In those modes of interaction we often feel ourselves required to become more critical— or more competitive— and we frequently find ourselves focusing not on the substance of what is being said to us, but on the gaps or missteps that give us openings to defend our own positions. . . . [Note how this tendency promotes negative rather than positive selection.] As a result, while we may understand generosity of mind to be a key value within the profession, its actual enactment is not allowed to become habitual, not encouraged to become part of our general mode of being" (55).

6. 도서관의 그 소년

- 149쪽 하나의 계시 Peter Abrahams's autobiography, *Tell Free-dom* (London: Faber & Faber, 1954), is an absolute master-piece, and I consider it something close to tragedy that it has so often been out of print in the United States. The key passages I draw on are from 187 – 89 (the street-corner meeting), 192 – 93 (reading Du Bois), and 199 – 200 (the decision to go to England).

- 151쪽 전 14살이었어요 Zadie Smith, "That Crafty Feeling," in *Changing My Mind: Occasional Essays* (New York: Penguin Press, 2009), 103.

- 155쪽 나는 12살쯤이었고 From *The Narrative of the Life of Frederick Douglass, in The Portable Frederick Douglass*, ed. John Stauffer and Henry Louis Gates Jr. (New York: Penguin, 2016), 180.

- 157쪽 기만적인 방법으로 납치를 당했습니다 I have used the 1816 edition of *The Columbian Orator*, which can be found on

Google Books: https://books.google.com/books?
id= c58AAAAAYAAJ (240).

- 162쪽 에세이스트 레슬리 제이미슨 Rachel Toliver, "A Conversation
  with Leslie Jamison," *Image*, issue 101, https://image-
  journal.org/article/leslie-jamison/.

7. 금욕주의자들의 시대

- 167쪽 오직 에픽테토스만이 이해하고 있었다 Tom Wolfe, *A Man in Full*
  (New York: Farrar, Straus & Giroux, 1998), 411, 443.

- 170쪽 많은 남성들이~이유 Donna Zuckerberg, *Not All Dead White
  Men: Classics and Misogyny in the Digital Age* (Cambridge,
  Mass.: Harvard University Press, 2018), 59.

- 173쪽 매노스피어가~끊임없이 입증한다 An interesting recent paper
  attempts to quantify the misogyny of the mano-
  sphere and demonstrates that the climate there is
  just as bad as Zukerberg suggests. See Tracie Farrell,
  Miriam Fernandez, Jakub Novotny, and Harith Ala-
  ni, "Exploring Misogyny across the Manosphere in
  Reddit," in *WebSci '19: Proceedings of the 10th ACM Con-
  ference on Web Science* (2019), 87 – 96, http://oro.open.
  ac.uk/61128/.

- 174쪽 분석하고 해체함으로써 Zuckerberg, *Not All Dead White Men*, 9, 49.

- 175쪽 합리적이고 과학 친화적인 철학 Massimo Pigliucci, *How to Be a Stoic: Using Ancient Philosophy to Live a Modern Life* (New York: Basic Books, 2017), 5.

- 176쪽 피글리우치는~무관하다고 주장했지만 Carlos Fraenkel, "Can Stoicism Make Us Happy?," *The Nation*, February 5, 2019, https://www.thenation.com/article/massimo-pigliucci-modern-stoicism-book-review/.

- 178쪽 과거에 접근할 때 Mark Lilla, "My Totally Correct Views on Everything," *Tocqueville21*, September 4, 2018, https://tocqueville21.com/focus/my-totally-correct-views-on-everything/.

- 178쪽 이 책은~아니고 C. V. Wedgwood, *The King's Peace* (1955; repr. New York: Book of the Month Club, 1991), 17.

- 181쪽 나는~믿게 되었지만 Brian Phillips, "The Magical Thinking of the Far Right," *The Ringer*, December 12, 2018, https://www.theringer.com/2018/12/12/18137221/far-right-occult-symbols.

- 181쪽 그릇된 지식의 종류는 엄청나게 다양한데 Terry Teachout's review of Lucas Hnath's A Doll's House, Part 2— about which more later— appeared in *The Wall Street Journal* on April 27, 2017, https://www.wsj.com/articles/

a-dolls-house-part-2-review-an-unneeded-se-quel-1493339401, under the title " 'A Doll's House, Part 2' Review: An Unneeded Sequel."

- 183쪽 **그들을 기리는 일** The speech appears in *The Portable Frederick Douglass* (195-222) under the title "What to the Slave Is the Fourth of July?"

8. 인형의 집에서 내다본 풍경

- 192쪽 **코트니 씨는~표명했지만** Thomas Babington Macaulay's review may be found online at https://oll.liberty-fund.org/titles/macaulay-critical-and-historical-essays-vol-3/simple.

- 194쪽 **종교나 명예** There is, to the eternal shame of the publishing industry, no truly readable edition of Osborne's letters, but you may find a decent version online at http://digital.library.upenn.edu/women/osborne/letters/letters.html.

- 203쪽 **사형선고를 내린 작품** Quoted in Michael Meyer, *Ibsen* (1967: repr., Harmondsworth, U.K.: Penguin, 1985), which contains an excellent account of the fortunes of the play on 476-81.

- 206쪽 **당신은 아무도~생각하지요** Lucas Hnath, *A Doll's House, Part 2* (New York: Theatre Communications Group, 2018), 95. In quoting from Hnath I have adjusted his eccentric punctuation, which is better suited to actors than to readers.

- 209쪽 **네이스 작품의 특징** D. T. Max, "Lucas Hnath Lets Actors Fight It Out Onstage," *The New Yorker*, April 15, 2019, https://www.newyorker.com/magazine/2019/04/22/lucas-hnath-lets-actors-fight-it-out-onstage.

- 212쪽 **마침내~이해하게 되었다** Helen Lewis's comments, from the June 19, 2019, issue of the New Statesman, may be found at https://www.newstatesman.com/politics/uk/2019/06/first-thoughts-throbbing-machismo-brexiteers-rise-woke-right-and-farewell-ns.

- 213쪽 **미국 뉴욕주에~자란** A transcript of the episode may be found at https://www.thisamericanlife.org/680/transcript.

- 217쪽 **관심을 쏟지 않도록** Alfred North Whitehead, *Science and the Modern World* (1925; repr., New York: Free Press, 1967), 148.

9. 해변의 시인

- 223쪽 **가리켜 보인다** Dante, *Inferno* XII.

- 223쪽 **자갈 해변을 거닐다** Seamus Heaney, "Sandstone Keep-sake," in *Opened Ground: Selected Poems 1966–1996* (New York: Farrar, Straus & Giroux, 1998), 204.

- 224쪽 **아는 사람** Stuart Mill, *On Liberty* (1860), chapter 2.

- 225쪽 **어떤 힘이 미래를 대변하는가?** Hans Jonas, *The Imperative of Responsibility: In Search of an Ethics for the Technological Age*, trans. Hans Jonas and David Kerr(Chicago: University of Chicago Press, 1985), 1 – 2.

- 225쪽 **과거는 절대 죽지 않았다** Words spoken not directly by Faulkner but by one of his recurrent characters, the lawyer Gavin Stevens, in *Requiem for a Nun* (1950; repr., New York: Vintage International, 2011), 74.

- 226쪽 **자신의 말에 책임지기** This is the title essay of Berry's *Standing by Words* (San Francisco: North Point Press, 1982); see especially 58 – 62. I have adapted these two paragraphs on Berry from my essay "Tending the Digital Commons: A Small Ethics Toward the Future," *The Hedgehog Review* 20, no. 1 (Spring 2018), 54 – 66.

- 230쪽 **우리가 신경 쓸 바가 아니야** J. R. R. Tolkien, *The Lord of the*

Rings: The Return of the King, 50th Anniversary Edition (Boston: Houghton Mifflin, 2005), 879.

결론

- 231쪽 **저는 지난 저녁 파리에 도착했습니다** Jean Jacques Rousseau, *Julie, or the New Heloise: Letters of Two Lovers Who Live in a Small Town at the Foot of the Alps* (Hanover, N.H.: Dartmouth College Press, 1997), book 2, letter 13.
- 233쪽 **감히 입에 담을 수조차 없습니다** Robert Darnton records these and other enthusiastic comments in "Readers Respond to Rousseau: The Fabrication of Romantic Sensitivity," chapter 6 of *The Great Cat Massacre and Other Episodes in French Cultural History* (New York: Basic Books, 1984), 215 – 56.

나가며: 독자들에게

- 239쪽 **공적이거나 사적인 장소들** Paul Connerton, *How Modernity Forgets* (Cambridge: Cambridge University Press, 2009), 11.
- 241쪽 **그런 사람** See the chapter on Inch Kenneth in Samuel

Johnson, *A Journey to the Western Isles of Scotland* (1775).

- 241쪽 **암실의 벽** Paul Kingsnorth, "In the Black Chamber," in *Confessions of a Recovering Environmentalist and Other Essays* (Minneapolis: Graywolf, 2017), 153–56.

- 244쪽 **이 그림들은 충격적이다** Hugh Kenner, *The Mechanic Muse* (Oxford: Oxford University Press, 1987), 30.

- 246쪽 **단지 돌에 불과하다** Yuval Noah Harari made this comment in conversation with Derek Thompson: https://www.theatlantic.com/business/archive/2017/02/the-post-human-world /517206/.

- 247쪽 **이 책이 얼마나 갈까요** Robert Caro repeated this comment in his 2012 interview with Chris Jones of *Esquire*: https://www.esquire.com/entertainment/books/a13522/robert-caro-0512/. I'm grateful to my editor, Ginny Smith, for calling my attention to it.

옮긴이
김성환

1980년 서울 출생. 연세대학교에서 건축학을 전공했다. 글밥 아카데미 수료 후 현재 바른번역 소속 번역가로 활동 중이다. 지은 책으로는 《감정들: 자기 관찰을 통한 내면 읽기》가 있고 옮긴 책으로는 《모나리자를 사랑한 프로이트》, 《무의식이란 무엇인가》, 《디지털 시대의 사후세계》, 《좋은 관계는 듣기에서 시작된다》, 《헤드스페이스》, 《말센스》 등이 있다.

고전을 만나는 시간
오래된 책에서 오늘을 사는 지혜를 얻다

초판 1쇄 발행 2022년 3월 7일

지은이 앨런 제이콥스
옮긴이 김성환
펴낸이 성의현
펴낸곳 ㈜미래의창

편집주간 김성옥
책임편집 김효선
홍보 및 마케팅 연상희·김지훈·이희영·이보경

출판 신고 2019년 10월 28일 제2019-000291호
주소 서울시 마포구 잔다리로 62-1 미래의창빌딩(서교동 376-15, 5층)
전화 070-8693-1719 팩스 0507-1301-1585
홈페이지 miraebook.co.kr
ISBN 979-11-91464-76-4 03800

생각이 글이 되고, 글이 책이 되는 놀라운 경험. 미래의창과 함께라면 가능합니다. 책을 통해 여러분의 생각과 아이디어를 더 많은 사람들과 공유하시기 바랍니다.
투고메일 togo@miraebook.co.kr (홈페이지와 블로그에서 양식을 다운로드하세요)
제휴 및 기타 문의 ask@miraebook.co.kr